Fellag est né en 1950 à Azeffoun en Kabylie. Homme de théâtre, humoriste, scénariste, il a fait une entrée remarquée dans l'écriture romanesque avec *Rue des petites daurades* (2001).

Jacques Ferrandez est né en 1955 à Alger. Scénariste et dessinateur, il est notamment l'auteur d'une fresque sur l'histoire de la présence française en Algérie, *Carnets d'Orient*.

DU MÊME AUTEUR

Djurdjurassique bled
(photographies de David Babinet)
Lattès, 1999

Rue des petites daurades
Lattès, 2001

C'est à Alger
Lattès, 2002

Comment réussir un bon petit couscous
Lattès, 2003

Le Dernier Chameau et autres histoires
Lattès, 2004
et « *J'ai lu* », n° 9028

L'Allumeur de rêves berbères
Lattès, 2007
et « *J'ai lu* », n° 8722

Petits chocs des civilisations
Lattès, 2012

Fellag

LE MÉCANO DU VENDREDI

illustré par Jacques Ferrandez

JC Lattès

TEXTE INTÉGRAL

ISBN 978-2-7578-2854-0
(ISBN 978-2-7096-3341-3, 1re publication)

© Éditions Jean-Claude Lattès, 2010

Le Code de la propriété intellectuelle interdit les copies ou reproductions destinées à une utilisation collective. Toute représentation ou reproduction intégrale ou partielle faite par quelque procédé que ce soit, sans le consentement de l'auteur ou de ses ayants cause, est illicite et constitue une contrefaçon sanctionnée par les articles L. 335-2 et suivants du Code de la propriété intellectuelle.

*À Ahmed Rachedi
Mustapha Laribi
Arezki Larbi
et Abdelhamid Laghouati*

Alger, 1988

Je ne me souviens plus si la batterie « Sonelec » est fabriquée par la société éponyme, l'un des mastodontes de notre « industrie industrialisante », ou si ce n'est qu'un montage d'éléments importés d'un pays d'Europe de l'Est, mais le fait est que les gens lui attribuent le nom générique de « batterie Sonelec ». C'est très rare d'en

trouver une et c'est une veine de la garder longtemps. Cette « chose » étrange, capricieuse et inaccessible au commun des mortels, peut vous claquer entre les doigts au bout de deux jours comme elle peut durer une éternité. Conçue dans un plastique d'une blancheur translucide, elle ressemble à une méduse compactée dans un parallélépipède.

Ce matin, pour mon malheur, le mercure est descendu bas dans le tube du thermomètre et encore bien en dessous de l'échelle de mon estime météorologique. Sous la pression d'un mistral glacial, ma batterie Sonelec me bat froid. N'ayant pas l'habitude des frimas, elle fait la sourde oreille, refusant de répondre à l'appel désespéré de la clef que je m'échine à tourner dans tous les sens à l'intérieur du Neiman. J'espère encore créer un contact fraternel entre nous tous, le cher Neiman, la batterie amorphe, ma voiture chérie et moi-même, métamorphosé en un bloc compact de colère sourde. La batterie nationale a une réputation qui sent le soufre et un orgueil démesuré. Il ne faut pas trop la titiller, la *halloufa*[1], car elle n'aime pas ça, mais alors pas du tout ! Aussi butée que nous-mêmes, humains de fabrication algérienne, quand elle décide quelque chose, elle ne revient pas en arrière ! Si on insiste un tantinet, elle se braque, fait un blocage psychologique et répond à nos supplications par le fatal *dezz*

1. Halloufa : cochonne.

mâahoum telga el-feyda, bravade algérienne voulant à peu près dire : « Tu peux courir, tu vas y trouver du bénéfice ! »

En plus, *h'chouma*[1] suprême, elle me fait le coup au cœur de la ville. Au centre névralgique d'Alger, devant tout le monde, et du monde, croyez-moi, il y en a à cette heure-là. Un quart de l'humanité s'est donné rendez-vous dans la rue où ma 4L est garée. Ah l'infidèle, la lunatique, la capricieuse, la vacharde ! Elle me fait son *zembrek*[2] ! Anticipant tout ce qui va

   1. H'chouma : la honte.
   2. Zembrek : truc, machin. Par extension : complication.

s'ensuivre, je deviens vert de rage. C'est qu'elle me met dans de sales draps. Je fais tout pour me faire petit, ne pas me faire remarquer, ne rien laisser paraître, ne pas me démonter, le temps de retrouver le contact. Clef engagée, je fais mine de regarder ailleurs pour la surprendre, ma batterie, l'amadouer, la séduire. Je me concentre afin de la feinter, de profiter d'un instant de distraction de sa part et lui mettre le feu au moment où elle s'y attend le moins : « Tchaaac ! »... *walou* ! Rien à faire.

J'ouvre le capot, dévisse tous les bouchons qui ferment les compartiments remplis d'acide et je lui donne à boire son liquide préféré jusqu'à plus soif. Ensuite, je brosse les cosses qui ont une fâcheuse tendance à baver sans relâche du vert-de-gris sulfaté, et, une fois ma batterie redevenue toute proprette, l'espoir revient. J'essaie encore : « Tchac ! tchac ! tchac... » Toz ! qu'elle me dit, la gourde ! Désespéré mais courage d'acier et détermination de fer, je me remets vaillamment à l'ouvrage : « Tchaaaa... chpok ! » Plus rien. Le silence du grand Nord, la sécheresse du grand Sud. La 4L est prise dans un carcan. Un gros fourgon lui colle au cul, une Peugeot, l'ennemi héréditaire, la bloque par-devant. Comment l'extraire de là pour pouvoir la pousser ? Je réessaie une dernière fois, on ne sait jamais... La clef dans la serrure...

« Cpok... pok... oc !... »

Trois piétons attirés par le son familier, et me voyant souffrir, me somment d'arrêter :

– Tu vas noyer le moteur, kho ! On va t'aider à sortir de là et on te pousse...

Ils interpellent d'autres passants :

– *Aya sghar !* Oh, les jeunes ! Aidez-nous, s'il vous plaît !

Aussitôt un groupe de choc se forme. Les volontaires empoignent Zouzou et poussent un cri collectif : yallah ! Avant même de comprendre ce qui lui arrive, Zoubida est littéralement arrachée de l'étau dans lequel elle était prisonnière.

Deux hommes improvisent un barrage pour bloquer la circulation et permettre aux autres sauveteurs de manœuvrer plus facilement. Puis ils ôtent tout ce qui peut les alourdir ou les gêner dans leurs mouvements : vestes, manteaux. Ils se mettent en position partout où ils trouvent un point d'appui sur la carrosserie. D'autres passants attirés comme des aimants les rejoignent. Les derniers arrivés cherchent une place libre, se faufilent et s'y collent, de bon cœur. Tout le monde veut réveiller l'agonisante : experts-comptables, avocats, profs de maths, boulangers, chômeurs, étudiants en architecture, plombiers, stagiaires conducteurs du futur métro d'Alger, coiffeurs, footballeurs, dragueurs, dentistes, hittistes, informaticiens, maraudeurs, islamistes, cinéastes amateurs, cordonniers, vendeurs à la sauvette... Le chef de

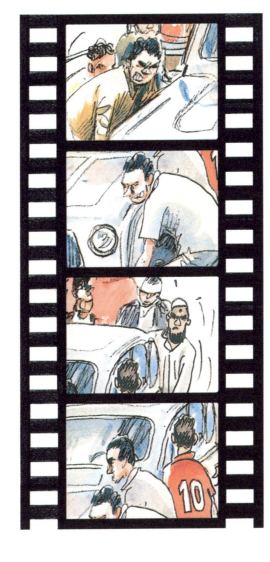

groupe se penche vers moi et me donne les dernières directives avant le déclenchement de l'opération :

– Alors, kho, tu passes la deuxième et tu gardes l'embrayage bien enfoncé. Hein ? On pousse... Dès que tu sens que la voiture se réveille, tu lèves rapidement le pied de l'embrayage en plaquant en même temps l'accélérateur contre le plancher afin d'éveiller la batterie. D'accord, kho ?

Si je n'avais pas beaucoup pratiqué cette façon d'allumer le moteur, je la connaissais tout de même, un peu. Je n'hésite pas :

– D'accord !

– Alors, on y va ! *Aya al khaoua, éttéklou âala Allah*, appuyez-vous sur Dieu !

Ils comptent jusqu'à trois : bismillah, au nom du Clément ! et hop !... Ils sont si efficaces qu'au bout d'une dizaine de mètres le moteur s'allume avec une telle rapidité que la 4L est projetée en avant comme une fusée. Je n'ai même pas le temps d'esquisser un geste de remerciement à mes philanthropes sauveteurs, il me faut maîtriser ma machine pour éviter qu'elle n'emboutisse celle qui est devant moi, et qu'elle ne fauche la dizaine d'écoliers prenant un malin plaisir à se faufiler entre les voitures, juste à ce moment-là. Je m'en sors finalement à bon compte. Sur le plan mécanique comme d'un point de vue psychologique. Malgré l'appréhension d'avoir à gérer pendant tout l'hiver une batterie qui va me donner du fil à retordre, c'est toujours avec une certaine fierté qu'on se sort de cette épreuve collective. Aujourd'hui, je maîtrise très bien cette façon de ressusciter une batterie morte, technique qui ne figure, je crois, dans aucun manuel de réparation mécanique. Mais ça n'a pas toujours été le cas.

Flash-back

Je garde un souvenir cuisant de la première fois qu'on m'a poussé. J'avais un trac fou. Arrimé à mon volant comme un marin à son gouvernail pour affronter la houle, j'écoutais attentivement les conseils de mes pousseurs, mais mon cœur dansait la rumba. Ils parlaient tous en même temps pour m'expliquer avec moult détails toutes les opérations que je devais accomplir. Mes oreilles n'en pouvaient plus. Elles sifflaient comme si les bouches de mes conseillers soufflaient mille mistrals.

On peut dire que lors de mon bizutage de l'allumage en deuxième vitesse, je n'étais pas comme Artaban monté sur ses grands chevaux. J'avais suivi exactement les indications des pousseurs chevronnés, mais, malgré tout, le moteur ne donnait aucun signe de reprise. Les différents gestes que j'avais accomplis, sur leurs conseils, ne devaient pas être bien coordonnés. Les propulseurs reprirent leur souffle et se

remirent aussitôt à l'ouvrage, tout en me hurlant leurs directives :

– Remets-toi en deuxième ! la deuxiiiiième, sacré nom de dieu !
– Appuie sur l'embrayage, *wachbik*[1] ?
– C'est quoi un embrayage ? me dis-je, paniqué.
– L'embrayage, *chbi yemmak*[2] !

---

1. Wachbik ? : « Qu'est-ce qui te prend ? ».
2. Chbi yemmak ! : « Ta mère, qu'est-ce qui lui prend ? » Injure typiquement algéroise.

– Oui, oui, faisais-je en balançant ma tête de haut en bas tout en invoquant l'aide de Sidi Abderrahmane Athaâlibi, le saint protecteur d'Alger.

Mes yeux, démultipliés pour l'occasion, étaient fixés sur l'ensemble des accessoires qu'il fallait manipuler, mais tout se mélangeait dans mon cerveau désynchronisé. Victime d'une cécité passagère, je ne voyais plus rien ! De la sueur coulait abondamment de mon front et mon dos en était noyé. Quelques badauds mataient, en se tordant de rire, l'hurluberlu que j'étais, perdu dans son puzzle de manettes, stressé, telle une souris de laboratoire dans un labyrinthe, bref, un Charlot algérien dans sa 4L, synthèse de l'usine géante dans laquelle se démenait furieusement son homologue anglais dans *Les Temps modernes*.

– Lâche l'embrayage, maintenant !

J'avais relâché quelque chose, mais je ne savais pas ce que c'était exactement. Le moteur refusa toujours de vrombir. Ils se mirent à me crier dessus :

– Lâche l'embrayaaaage ! Lâââche l'embr... Oh, putain de putain ! Il ne comprend rien ! Freine ! Freiiiiine... ya hmar ! Il est con, qu'est-ce qui lui prend ?

Je m'étais arrêté. Celui qui s'était improvisé « chef » – dès qu'un groupe se forme spontanément, il y a toujours quelqu'un qui se fait « chef » – ouvrit la portière d'autorité :

– Aya, sors de là !

– Je...
– Laisse-moi faire !

Je sortis penaud du véhicule. Tous me regardaient comme si j'étais le plus grand idiot que l'Afrique du Nord ait donné à ce jour.

Il prit ma place et ordonna aux autres d'en mettre un bon coup. Il ne les connaissait pas, ne les avait jamais vus de sa vie, mais, mus par les ondes ataviques de la solidarité ancestrale et le respect aveugle dû au chef, ces derniers lui obéirent au quart de tour et ils se mirent derechef à pousser. Et moi, pendant ce temps-là, je courais derrière eux sans savoir quoi faire, car devant ces « professionnels » de la poussette, la vacuité de ma culture mécanique faisait de moi un marginal, un cave, pis, un intellectuel décalé, « un travailleur de la tête », incapable d'être en prise manuelle avec la moindre des réalités d'ici-bas ! Je trépignais sans savoir quoi faire de mes dix doigts. À l'intérieur de ma voiture, d'un jeu de jambes digne d'un pianiste de haute voltige, le type lâcha l'embrayage, donna un puissant coup d'accélérateur au moment opportun et provoqua l'allumage salutaire. « Ouf » de soulagement, clameurs et manifestations de contentement généralisé. Le sauveur autoritaire immobilisa le véhicule, écrasa puissamment l'accélérateur pour redonner vie à la batterie et permettre à l'alternateur de se nourrir ; il remit le levier de vitesse au point mort, tira sur le frein à main jusqu'à lui faire grincer les dents et s'extirpa de là avec un air de fausse modestie qui illuminait tout son être.

– Eh ben voilà l'boulot !... *machi hadja*[1], c'est pas sorcier ! Puis, il me glissa sur un ton affectueux : Bon, kho, tu peux repartir maintenant, mais surtout ne cale pas en t'arrêtant aux feux rouges ! Pour que la batterie se recharge, le moteur doit tourner au minimum une vingtaine de minutes !

La honte de ma vie.

Il me fallut des mois pour m'en remettre. Pendant longtemps, j'avais proscrit cette rue de mon plan de circulation. Je refusais de repasser par ce lieu maléfique où j'avais subi l'humiliation publique, de peur d'être reconnu et d'entendre des rires sardoniques ou des interpellations bienveillantes mais chargées de ce fiel typiquement algérois, salé, sucré et poivré tout à la fois. Les Algérois, ces grands enfants généreux et rigolards qui se moquent de tout ce qui bouge.

---

1. Machi hadja : ce n'est pas grand-chose.

Le mécano du vendredi

SCÉNARIO

FELLAG

IMAGES

JACQUES FERRANDEZ

Je vis, je drague, je souffre, je rêve, je respire, j'exulte en 4L. Ma 4L, c'est ma vie, mon domicile, ma seconde patrie. Elle est ma joie et ma peine. De simple moyen de transport, Zoubida, sobriquet affectueux de ma petite Renault, a fini par devenir ma raison d'être. Les trois quarts de mon temps, je les passe avec elle. Elle m'impose son rythme et me mène par le bout

du nez. Je suis au service de ses caprices, elle est mon esclave, je suis son dévoué. Je me plie à ses besoins, elle obéit à mes envies. Les rues et les routes sont de drôles de pistes où, tour à tour, elle et moi, nous jouons à l'auguste et au clown blanc.

Vous allez vous demander d'où vient cet étrange rapport de dépendance psychotique avec une voiture ? – Et quelle voiture ! Un vulgaire tacot tout décati, une tire qui tire à sa fin, une vraie misère ! – Méfiez-vous des jugements hâtifs. Tout dépend de quel point de vue on regarde le monde. Et le mien n'est pas si singulier.

À bientôt trente-huit ans, j'habite chez mes parents. Et, regardant tout au bout de l'horizon du développement immobilier national, là-bas très loin, je ne vois aucun signe qui me ferait espérer déménager un jour. Je ne suis pas marié. Je n'ai pas d'enfants. Pas d'avenir. Je n'ai pas de chaîne stéréo, je n'ai pas de photo de l'époque où j'étais petit et je ne fête pas mon anniversaire. Chez mes parents, faute d'espace, je n'ai pas de bureau, pas d'armoire, pas de commode.

Juste une assiette, une fourchette, un couteau, une cuillère à soupe, un bol, une cuillère à café et une brosse à dents. Ma garde-robe se limite à trois chemises, trois pantalons, deux pulls et un blouson pour l'hiver, deux paires de chaussures, plus une *spartchikha*[1] pour les jours de canicule – juin-juillet-août-septembre – , dix paires de chaussettes, cinq slips, cinq maillots de corps, un costume *high tech* que je ne mets jamais faute de cérémonie à sa hauteur, une veste normale, deux complets « Shangaï », bleu de Chine, pour la saison chaude, et cinq T-shirts qui me servent de passe-partout. Ce n'est pas Byzance, mais ça me permet de faire plein de combinaisons.

J'écris et je lis sur la table de la cuisine, exactement au même endroit où j'apprenais mes leçons et faisais mes devoirs quand j'étais à l'école primaire, au collège, au lycée, puis pendant les années d'université avant que je ne parte à Moscou faire des études de cinéma. Mes livres et mes cahiers se retrouvent parfois – négligence, faute d'étagères suffisantes ou étourderie ? – rangés avec les assiettes.

Mon père trouve que j'ai trop d'affaires, que j'occupe trop d'espace. Il me regarde toujours de travers comme si j'étais un espion envoyé par un pays ennemi pour le surveiller. Ma mère, quant à elle, toujours consensuelle, pense qu'il me faut trouver une

---

1. Spartchikha : déclinaison algéroise de « spargate », nom féminin pataouète désignant les espadrilles.

femme en insinuant que, « vu mon âge avancé et la précarité de ma situation sociale », n'importe quelle traînée ferait l'affaire pourvu qu'elle ait un toit pour m'accueillir. Je me défends : « Vous avez de la chance au bout du compte. Y'en a qui vivent avec femmes, enfants et bagages chez leurs parents. Maintenant que mes frères et sœurs ont fait leurs nids ailleurs, nous ne sommes plus que trois à la maison. Tout va bien, hamdoullah ! Il n'y a pas de quoi se plaindre », je dis à mon père chaque fois qu'il veut me reprocher ma présence hypertrophiée dans son espace vital.

« Il y a, me répond-il, une différence entre la présence de trois garçons et deux filles qui étaient, du temps de leur jeunesse, souriants, obéissants, fins, doux, silencieux… et un ours mal léché de trente-huit ans qui fume, rote, pète, parle tout seul et fait plus de bruit chaque fois qu'il tourne la page d'un journal qu'un gargotier de la casbah en tirant le rideau de fer de son échoppe, et qui, cerise sur le gâteau, rentre à la maison à des heures impossibles en torturant le mécanisme de la serrure de la porte comme s'il commettait un cambriolage. »

Ma mère m'a dit un jour : « Youcef, mon fils, quand tu es dans la salle de bains, tu fais plus de bruit que les bouteilles de limonade dans l'usine de Hamoud Boualem[1] ! »

---

1. Hamoud Boualem : désigne à la fois une limonade blanche et son fabricant, le plus célèbre des limonadiers algériens. La Hamoud et le fameux Sélecto sont connus depuis l'exposition universelle de Paris en 1889.

Je comprends bien que je les agace, mes pauvres parents, mais comment faire autrement ? Où aller ? Il est impossible de trouver le moindre gîte dans ce pays. Le logement familial reste la base de survie et de repli incontournable. Depuis deux ans, je suis « retraité ». Pour être tout à fait clair, je suis en chômage technique. La télévision d'État où j'occupais un poste de réalisateur continue à me salarier mais on ne me donne plus de travail.

« Trop rêveur. Trop ambitieux. Iconoclaste. Fainéant. Inclassable. Bizarre. Révolté. Tout le temps en train de tout remettre en cause. Il se prend pour qui, celui-là ? Et puis, il est toujours en train de parler tout seul… »

Un jour, on m'a convoqué pour me dire : « Reste chez toi, on t'appellera quand il y aura du travail. » À part une fois ou deux où ils étaient débordés par l'urgence de réaliser des émissions de propagande, on ne m'a plus rappelé.

Dans le pire c'est le meilleur qui me soit arrivé. Au moins je suis peinard : la liberté et le fric. Je n'en pouvais plus. J'étouffais dans ce mouroir, ce bloc monolithique censé donner du rêve, de l'information, de l'intelligence et qui était au contraire complètement dirigé dans ses intentions et sclérosé dans sa bureaucratie et ses moyens de production.

Je garde un tiers de mon salaire pour moi, un tiers va à mes parents, et le dernier tiers est consacré à

l'entretien de la 4L. Gourmande, cette dernière rogne souvent sur mon tiers pour se refaire une santé ou une beauté. « Elle va lui manger la tête et lui boire son sang, cette sorcière en fer… c'est pire que d'avoir quatre épouses à la maison ! » se plaint mon père à ma mère, en secouant la tête de dépit, quand il me voit de la fenêtre de la cuisine en train de démonter/remonter le moteur avec l'assistance des voisins ou des copains de la cité. Il faut dire qu'elle a faim et soif de tout, ma Zoubida : d'essence, d'huile, d'eau, de peinture, de graisse, de joints, de pièces de rechange… Et comme elle se fait vieille, elle devient de plus en plus capricieuse, de plus en plus demandeuse, de plus en plus dévoreuse. Il me faut souvent beaucoup de courage et de patience pour suivre ses états d'âme. Avec mes voisins, Abdel, Kaci et Omar, on passe des vendredis entiers têtes dans le capot ou allongés sous le châssis de Zoubida pour lui refaire ceci, pour lui changer cela.

Quand je l'ai achetée, elle était déjà d'un certain âge. Son compteur avait beaucoup tourné. Les voitures coûtent les yeux de la tête dans ce pays où l'État en interdit l'importation massive. Mais il me fallait à tout prix un véhicule pour faire les 25 kilomètres qui me séparaient du centre d'Alger où se trouvaient

mon travail, mes copains, les bistrots et les filles. J'avais acheté la 4L pour 60 000 dinars. « Je vous ai fait un prix d'ami », m'avait affirmé le vendeur, que je n'avais jamais vu de ma vie.

L'instant où je suis devenu propriétaire de la 4L restera à jamais dans ma mémoire comme mon big-bang personnel. Au moment où je pénétrais à l'intérieur de l'habitacle, j'ai ressenti la même émotion que celle que devait ressentir le premier homme qui venait de mettre le pied sur la lune. Je changeais de planète. En quelques secondes, j'ai été propulsé de l'autre côté du miroir. Du temps où je n'étais encore qu'un piéton, je souffrais la plupart du temps de courbatures, j'étais paralysé par le syndrome du transport en commun défaillant, j'étais sujet à d'atroces lumbagos et je me débattais comme un animal blessé dans les eaux troubles des frustrations sexuelles. Zoubida a soigné mon mal de dos et mis fin à mes problèmes de libido.

Quand j'étais piéton, les filles ne me « calculaient » pas. Elles ne m'accordaient pas une once d'attention, pas même un clin d'œil, sinon celui du dédain. Les belles méprisent le piéton. Pour elles, il est le symbole de l'homme d'avant la civilisation qui n'avait comme moyen de locomotion que ses jambes. Les jambes : ce qu'il y a de plus bas chez l'homme, de plus terre-à-terre.

« Tout ! Tout ! Tout ! Sauf un piéton, mes chéries, je vous le déconseille vivement ! » disait Sadjia, un jour que je patientais dans la salle d'attente du département « Fiction ». La secrétaire principale, réputée pour avoir la langue bien pendue, parlait « mariage » avec ses consœurs.

« Mon Dieu, vous les avez vus tous ces hommes à pied qui arpentent les rues jour et nuit, le regard vague, errant. Leurs corps sont comme des éponges qui aspirent les pollutions, amassent les poussières, attirent le gaz carbonique. Ils sont mouillés jusqu'à la moelle quand il pleut, gelés quand il neige, et transpirent comme des méchouis quand il fait chaud. Méfiez-vous des bipèdes, mes chéries, les vrais hommes, c'est les "quadrupèdes" ! Ceux qui roulent en Honda, en Mazda, en Lada ! »

Elle avait raison, Sadjia, un « quadrupède » a plus de chances de se faire remarquer. L'automobile est non seulement un formidable moyen d'évasion qui donne l'occasion de s'éloigner des regards indiscrets, mais c'est aussi une bulle d'intimité qui permet d'échapper au bouillon de culture de la foule enduite de morale et bardée de réprobations. Personnification même de la liberté, la voiture est l'équivalent de l'ancêtre tapis volant qui permettait aux rêveurs des *Mille et Une Nuits* de se détacher de l'encombrante réalité. Bien-sûr, la 4L n'est pas le modèle de voitures qui fait rêver les filles, mais elle a le mérite d'exister. Même si elle ne paie pas de mine, elle est fiable, fidèle en amitié, et s'adapte à toutes les situations. Les filles n'en raffolent pas, il faut l'avouer. C'est même une honte pour une citadine digne de ce nom d'être vue dans un véhicule à l'esthétique aussi douteuse. Pour elles, la R4 est une voiture pour banlieusardes semi-paysannes. Mais, difficultés de transport et difficulté d'accéder à l'objet précieux obligent, beaucoup acceptent d'embarquer, même si la h'chouma cuit leurs entrailles.

C'est toujours un choc psychologique pour elles et – je l'ai observé à maintes reprises – de découvrir que c'est en direction de la 4L garée un peu plus loin que nous nous dirigeons après qu'elles ont répondu par l'affirmative à ma question : « Voulez-vous, maintenant que nous avons déjeuné, faire une petite promenade du côté de Zéralda ? Il fait si beau et vous êtes si jolie ! »

Nous, hommes « forts », passons les trois quarts du temps dehors. Nous laissons les maisons au sexe faible. La femme dans notre société est une *anima* d'intérieur qui ne s'aventure à l'extérieur que si les circonstances de la vie pratique l'y obligent. Mais, une fois dehors, elle n'y fait pas son nid et occupe la rue d'une façon différente. Elle utilise ses pieds pour se déplacer. Elle ne le fait pas dans le dessein d'inscrire sa vie sur le bitume, mais pour aller d'un endroit précis à un autre endroit tout aussi précis. De A vers B. De la maison au bureau, du bureau à l'école, du hammam au salon de coiffure, de la maison à la clinique, de chez sa mère vers chez sa tante, et, quand un

zeste de témérité la saisit, elle se risque à entrer dans un salon de thé, geste qui représente tout de même une réelle transgression. La femme qui tient « son rang » se déplace toujours en ligne droite. Elle ne regarde ni par-ci ni par-là. Sa démarche altière met de la distance entre elle et le mâle audacieux. Si l'envie de faire pipi la prend dans des villes où rien n'est prévu pour la soulager, elle n'utilise pas les murs comme ersatz de vespasiennes à l'instar de certains mâles. Stoïque, elle tient sa vessie pour une lanterne jusqu'à ce qu'elle rentre chez elle.

Pour certains hommes, une « piétonne » représente un élément de liberté, pour d'autres une pomme de discorde, un objet de désir pour beaucoup, et une proie possible pour les dragueurs et les « caleurs » de tout acabit. Ces derniers, qui pullulent dans nos villes surpeuplées, sacrifient leur temps libre de toute entrave professionnelle à la pratique de cette science de l'approche camouflée. Elle leur procure – même si elle ne donne pas toujours de résultat – des satisfactions psychologiques diverses et une quantité de plaisirs narcissiques.

Comme les espaces de rencontre intersexes n'existent pas dans la nature de notre sociologie, nous, les hommes, défoulons nos fantasmes dans la rue. C'est comme ça que la drague est devenue, avant le football, le sport national. La drague, chez nous, est un monde secret animé par une multitude de comportements, de signaux d'approche conventionnels ou improvisés par une faune de mâles rarement en manque d'imagination. Mais la drague qui occupe le haut du pavé, qui tient la dragée haute à la drague du piéton, la drague la plus confortable, la moins risquée pour le dragueur, c'est celle qu'il pratique avec le concours de sa voiture. Arme fatale, la voiture est un piège à filles. Elle permet au séducteur professionnel de suivre la belle piétonne sans se fatiguer et de mettre vite les gaz si la situation vire au *tsagâte*[1]. Un coup d'accélérateur et hop, ni vu ni connu ! Si un piéton harcèle une jeune femme qui soudain se rebiffe et appelle à l'aide, il se pourrait qu'un groupe de défense se forme spontanément parmi les spectateurs outrés. Alors, ces Robins des bois du trottoir – des dragueurs eux-mêmes peut-être ? – lui casseraient la gueule et le retiendraient par la peau du cou jusqu'à ce que police s'ensuive…

Que d'amantes ont fini par se familiariser puis par s'attacher aux incongruités techniques et à l'excitant inconfort que ma douce 4L leur a servi sans retenue. Que de couinements d'amortisseurs a produits Zoubida ! Que de rires et de soupirs, de confidences et de supplications, elle a entendus.

Elle est le témoin de mes bonheurs, heurs et malheurs. Si elle pouvait raconter mes ruses, mes comédies ainsi que mes méthodes de séduction, seuls

1. Tsagâte : déformation phonétique de « ça se gâte ! ».

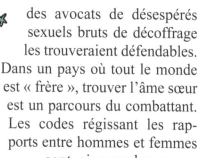

des avocats de désespérés sexuels bruts de décoffrage les trouveraient défendables. Dans un pays où tout le monde est « frère », trouver l'âme sœur est un parcours du combattant. Les codes régissant les rapports entre hommes et femmes sont si complexes que chacun, pour avoir une chance d'accéder aux charmes du sexe opposé, est poussé à inventer un angle d'attaque qui lui est propre. L'art de l'approche est difficile. Quand on l'a trouvé, il faut le garder jalousement et le travailler chaque jour pour le mener à la perfection.

Ma méthode est simple : je ne klaxonne jamais de façon vulgaire et provocatrice comme le font la plupart de mes congénères dragueurs motorisés. Je ne balance pas par la fenêtre les habituelles cochonneries verbales de machos en manque. Je me paie même le luxe de jouer sur l'ambiguïté : je mets tout en œuvre pour passer inaperçu, tout en faisant ce qu'il faut pour être remarqué tout de même. Mon style consiste à exhiber ce que j'ai de plus beau, de plus cher, de plus fantasmatique, de plus impressionnant, de plus rare : la voiture. La piétonne aura pour elle le coup de foudre, et, après, Inchallah, elle fera un transfert... C'est ce qu'on appelle « la biomécanique de l'amour », kho !

Chacune des aventures vécues dans la 4L était dangereuse et pouvait me mener au pire. Il suffisait qu'un frère ou un voisin de la belle du jour l'aperçoive avec moi, que des gendarmes m'arrêtent à un barrage pour me réclamer le livret de famille qui autorise une femme à voyager avec un homme étranger à son clan pour qu'une série de catastrophes se déclenche.

Il faut donc être vigilant, habile, rusé comme un chacal, discret comme un fennec. Et « être, à chaque instant, vigilant, habile, rusé comme un chacal, discret comme un fennec », c'est rigolo quand on a vingt ans, ça commence à devenir pesant à trente, pathétique à trente-cinq, et dramatique à l'âge que j'affiche aujourd'hui. Pourtant, comment faire autrement quand on n'arrive pas à dominer l'appel sauvage de la chair ?

Depuis quelques mois, je commence à me poser des questions sur le sujet et à prendre conscience qu'il faut que je me calme, que je me range, que je fasse barrage à cette tempête

qui s'empare de ma raison dès qu'un parfum subtil lui remue les tripes. Je veux commencer à parvenir à la maîtrise de mes sens. Devenir un peu adulte.

J'ai d'abord essayé le yoga par correspondance pour mieux contrôler mes flux, mais le résultat fut catastrophique : le jour où j'avais entamé la leçon numéro 3, après avoir mis quatre heures pour passer ma jambe derrière ma tête, je n'arrivais plus à l'enlever. J'ai arrêté le sport védique et me suis mis à lire Simone de Beauvoir. *Le Deuxième Sexe* a fait de moi un féministe convaincu. Du jour au lendemain, je suis devenu l'allié des femmes et non plus leur prédateur. Mais je suis si influençable ! Quand, jeune adolescent, j'avais lu Mermoz, j'étais devenu aviateur. Sanglé d'une armature en bois et en fil de fer, fabriquée par mes soins dans la cave de notre immeuble, je m'étais jeté du haut de la terrasse. Résultat du parachutage : un mois d'hôpital, un an et demi de rééducation. Lorsque, pour mon malheur, j'avais lu les mémoires d'Alain Bombard, j'avais acheté une chambre à air et je m'étais jeté à l'eau moi aussi pour faire la traversée d'un oued en crue qui faillit m'emporter à jamais…

Il y a six mois, Platon vint à ma rescousse. Il mit une sylphide sur ma route. Je rentrais d'Alger, et, en remontant l'avenue principale d'une petite agglomération, à 3 kilomètres de chez moi, j'ai croisé une piétonne qui descendait la pente qui mène au bas de la petite ville. Il était 6 heures du soir et la circulation était assez dense à cet endroit qui se resserrait jusqu'à former un goulot d'étranglement vers le haut de la ville. Mes pieds jouaient sur les pédales pour freiner et démarrer, quand elle a surgi sur le trottoir, tout près de moi. C'est pas possible ! La créature la plus oh là là, dis-donc, que j'ai vue de ma vie, le plus beau des regards, le

49

charme le plus fou auquel j'ai jamais été confronté. J'en suis resté pétrifié. Derrière moi, klaxons nerveux et vociférations. Au moment de redémarrer, ne sachant plus laquelle des pédales était l'accélérateur, laquelle l'embrayage, j'ai calé. J'ai tiré le frein à main, rallumé vite, passé la première, mais mon pied gauche tremblait tellement que je n'arrivais pas à enfoncer l'embrayage. Je cale de nouveau. Merde ! Frein à main. Klaxons. Insultes. Bras d'honneur. Je suis sorti de la voiture, mes mains farfouillaient dans  mes poches pour trouver des cigarettes. Le port le plus altier, la démarche la plus sensuelle qu'il m'ait été donné de voir. J'ai allumé mon doigt avec le briquet et je le fumais. Insultes. Klaxons. Onomatopées. Je n'entendais que le doux silence de ses talons qui effleuraient par intermittence le trottoir comme les pattes d'un oiseau des tropiques qui testent le sol avant d'atterrir.

Je suis rentré chez moi et j'ai passé la nuit la plus torride de ma vie à cause de mon index brûlé au second degré. Pendant mon insomnie, j'ai repassé mille fois le film, échafaudé mille scénarii et analysé toutes les situations possibles. « Vu l'heure qu'il était,

me suis-je dit, elle devait sortir du travail et elle rentrait quelque part chez elle. »

Le lendemain, je me suis pointé en bas du bourg à partir de 5 heures de l'après-midi. À 6 h 10, je l'ai vue. « Elle ! » C'était Elle. Le lendemain matin, à 7 heures et demie, je me suis garé en haut de la pente et j'ai attendu. À 8 h 15, sa silhouette s'est détachée du flou lointain et s'est mise à grimper la côte. J'ai allumé le moteur et suis descendu en première. Klaxons. Des automobilistes furieux m'insultaient, d'autres me jetaient des sorts. En croisant « Elle », j'ai tourné légèrement la tête pour ne pas lui donner l'impression que je la dévisageais tout en gardant un quart d'œil sur elle. Je tremblais comme une veuve devant l'apparition de son fantôme de mari qui s'aperçoit qu'elle le trompe depuis qu'il a disparu.

Arrivé dans la partie basse de la ville, j'ai contourné un pâté de maison, puis, après avoir fait demi-tour, j'ai remonté la rue en petite vitesse car la pente est assez raide et les voitures devant moi me semblaient un troupeau de gastéropodes lâché par quelque dieu moqueur pour rire de mon impatience amoureuse. À mi-chemin, j'ai eu juste le temps d'apercevoir le plus ensorceleur des déhanchés échapper à mon champ visuel restreint.

Là-haut, sur quelques centaines de mètres, la route est parsemée de part et d'autre d'un méli-mélo de ruines de résidences coloniales sur lesquelles résistent des souvenirs de glycines, des villas tout de travers sorties du sol et de petits immeubles de deux ou trois étages. La géographie accidentée de cette partie du littoral la protégeait naturellement, pour le moment du moins, de l'assaut des constructions sauvages. Aux rez-de-chaussée des immeubles sont alignés des bureaux de sociétés nationales : assurances, agence de voyages, marchands de chaussures en plastique, et autres boutiques.

Vu le chemin qu'elle faisait à pied tous les jours, Elle devait occuper un emploi comme secrétaire ou hôtesse d'accueil dans l'un des cabinets de médecins, d'avocats, de dentistes et de bureaux d'architectes qui se trouvaient aux étages. Je ne cherchais pas à savoir lequel : mon théâtre d'opérations est la rue.

Au bout de quelques jours d'enquête, j'ai fini par tout savoir d'Elle. C'est-à-dire : rien ! Ou du moins l'essentiel : tous les matins, elle emprunte l'artère centrale de la bourgade pour se rendre à son travail et la reprend le soir dans l'autre sens pour rentrer chez elle.

Dès que je le peux, matin et soir, je passe et repasse avec Zoubida afin que l'élue platonique de mon cœur me remarque. Deux fois par jour, je parcours le circuit inamovible de l'amour de ma vie. Je descends la pente le matin quand Elle la monte, et je la remonte le

soir quand Elle la descend. Pour le moment, la situation n'a pas évolué. Jamais un regard, jamais une vibration, pas un signe n'a transparu, si infime soit-il. Rien ne la touche, rien ne l'émeut.

Elle se meut dans l'espace tel un roseau qu'aucun vent ne plie. La route, les rodomontades des hommes, les klaxons, les sifflets d'admiration, les quolibets forment un océan sur lequel elle surfe avec une nonchalance confondante. À moins d'être une grande dissimulatrice, rien n'indique qu'elle ait quelque conscience de mon existence. Je fais partie des troupeaux de vagues qui se jettent à ses pieds. Elle est la déesse de la mer et je ne suis qu'un plancton perdu dans le tumulte des remous, s'échinant à se distinguer de manière fort discrète pour espérer un regard, un sourire sur lesquels je pourrais bâtir des espérances.

Aujourd'hui, comme tous les jeudis soir, premier jour du week-end universel algérien, j'ai rendez-vous dans un bar-restaurant d'Alger Centre. Deux routes y mènent. L'une qui longe la mer : c'est la plus jolie, la plus agréable. L'autre : une quatre voies que nous appelons « autoroute » parce que nous sommes des Méditerranéens. Comme j'ai du temps à perdre, j'ai hésité. Laquelle prendre ? La plus romantique ou la plus rapide ? J'ai joué à pile ou face avec une pièce de 5 dinars. Cling ! Face ! Le hasard n'a pas de sentiment : l'autoroute.

« Allez, roule ma poule », dis-je à Zoubida, en appuyant sur le *terfès*[1] tout en gardant le starter à moitié ouvert afin de maintenir un niveau d'accélération suffisant pour que le moteur chauffe. Dès qu'il a atteint son rythme de croisière, je repousse avec délicatesse le starter, afin que le moteur ne s'en aperçoive pas, car s'il prend conscience du stratagème, il risque de me faire la blague de s'éteindre rien que pour m'emmerder.

En sortant de la cité, je tourne à gauche et file en direction de la grande route. J'observe avec dépit les centaines de carcasses d'immeubles et de résidences qui dévorent de plus en plus la campagne environnante. Il y a à peine quelques années, notre village construit autour d'un petit port de pêche était un mât de cocagne, un petit paradis terrestre et maritime. Senteurs d'algues, iode, oursins, daurades, mouettes, amandiers en fleurs, pruniers, cognassiers, chardonnerets, odeur de l'herbe qu'on coupe, pâquerettes sur les bords des routes, jasmins, roses sur terrasses ensoleillées. Maintenant, c'est un gigantesque chantier où le béton avance sans état d'âme et mange tout ce qui se présente. Les monstres en acier rugissent. Leurs bouches immondes engloutissent la terre par bouchées entières. Ils s'emparent de la belle bonne vieille terre, la retournent, la secouent, la violentent,

---

1. Terfès : variété de champignon qui pousse dans le sable du Sahara.

la rejettent sur de gros camions qui la mèneront plus loin vers des camps de concentration de terre battue.

Au premier grand croisement, je m'arrête pour laisser passer une longue file de véhicules qui venaient de ma droite. Sur un câble électrique, un oiseau est en équilibre. Ses yeux éperdus cherchent une direction. Un nid ? Des baies ? Des vers ? Des feuilles ? Des fleurs ? Mon imagination s'enflamme aussitôt. Elle fait feu de tout le bois que lui fournit le terreau de mes observations. Comme chaque fois que je sillonne les routes, au volant de Zoubida, j'invente des histoires et j'échafaude des théories. Justes, alambiquées, poétiques, fumeuses ou relevant de la pure pataphysique, ces méditations me servent à créer une banque de données pour muscler mon imagination et nourrir des idées de scénarii. Il suffit d'un petit rien pour que le moteur à combustion fictionnel explose. Souvent je me donne des thèmes sur lesquels j'improvise mais, parfois, cela se produit à mon insu. Une pensée anodine, un souvenir insignifiant, une émotion ou un incident insolite survenu dans la rue mettent le feu à la poudre de mon cerveau, à l'endroit où se trouve le siège de mon imagination maladive. Aussitôt, je dissèque « l'information », l'intègre dans un cadre narratif, injecte les éléments psychologiques adéquats, dessine les profils des personnages susceptibles d'exprimer les idées fortes, fais un casting et ma tête se transforme alors en studio de cinéma.

Mon moi se divise en mille. Le moi principal invente les actions, les dialogues et dirige la mise en scène, les autres incarnent des personnages, et s'occupent des différents postes techniques. L'un règle la lumière, un deuxième procède au réglage de la caméra, un autre gère la stedicam, travelling avant, zoom arrière, changement d'axe en un millième de seconde, raccord dans le mouvement, mon histoire se met à vivre... « Engins... béton... décharges... yeux éperdus... oiseau sur fil électrique... » 25 kilomètres à parcourir, quarante minutes, ça fera un moyen-métrage... Allez, c'est parti ! Moteur ! Ça tourne au son ! Cadré ? Cadré ! Clap ! Action !

Décharge : lente avancée de la caméra au ras d'objets divers et hétéroclites. Elle s'arrête sur un tas d'immondices qui remue. Comme une chrysalide qui éclot, un index apparaît puis les autres doigts d'une main suivent. Curieuse, la caméra tourne tout autour, comme une libellule excitée et attentive. Elle veut savoir. Quelque chose bouge de l'autre côté, écartant les objets qui la couvrent. La chose surgit : une chaussure.

Cris de mouettes qui s'affolent.

Brusquement, une main apparaît, puis des cheveux, un pied, un dos. Le corps d'un homme tente de se dégager. Après des efforts répétés, il arrive à se mettre debout. Une fois stabilisé, il ajuste son manteau, son pantalon, puis se baisse et resserre le lacet de sa chaussure droite. Curieuse, la caméra se rapproche et nous fait découvrir – insert – le cordon qui se noue et le dur cuir du brodequin qui résiste. L'homme se relève. La caméra suit le mouvement en remontant le long de son corps couvert de haillons, tout doucement pour nous laisser le temps d'apprécier chaque détail, jusqu'au visage envahi par une barbe de quelques jours, puis elle s'immobilise, étonnée, sur des yeux de feu éteint.

Cri d'une mouette qui se pose des questions.

Les yeux regardent à droite, puis à gauche, puis au loin, là-bas. La caméra suit le mouvement pour nous montrer ce que les yeux voient : une gigantesque décharge couvre le paysage jusqu'à l'horizon. Des milliers de mouettes et de corbeaux tournoient dans le ciel enfumé, se battent, se ruent sur tout ce qui s'offre à eux d'encore comestible. L'homme remonte le col de son manteau et marche. Difficilement, au début. Les mouettes s'envolent, s'affolent. Les mains de l'homme farfouillent dans ses poches. L'une d'elles rencontre quelque chose, s'en saisit, et ressort avec un cigarillo tout raplapla. La main monte et coince le petit cigare à la commissure des lèvres gercées qui font partie du même corps qu'elle. Les mains replongent dans les poches à la recherche d'une allumette, mais n'en trouvent pas.

Cigare au bec, l'homme marche, marche, marche... Il traverse de gigantesques dunes de détritus, des vallées d'immondices, et grimpe les sentiers escarpés de collines formées par des carcasses de voitures, de Frigidaires et d'écrans de télé, enfin de tout ce que l'être humain a inventé pour se rendre la vie facile...

Il passe entre des squelettes d'engins de travaux publics : bulldozers, grues, scrapeurs...

La caméra s'intéresse à la rouille, à l'architecture joliment apocalyptique que l'enchevêtrement de ce tas de ferraille ordonnance, et qui s'étire à perte de vue, triste comme les colonnes en ruines qui bordent une via romaine.

Le vent souffle une musique qui, en se baladant librement à travers tout ça, invente une mélodie crépusculaire bien à lui.

L'homme avance. Aucune émotion particulière n'est visible sur son visage. Il avance, c'est tout.

« L'émotion doit transparaître, suinter de l'ensemble. Toi, acteur, tu es au service de l'ensemble. Fonds-toi dans l'esprit des choses. Sois, mais n'existe pas ! Ou du moins ne montre pas que tu existes. Ok ? Allez, on la refait. Rejoue-moi ça mieux que ça. Bon sang, tu l'as, le personnage !... »

Habitations, rails de trains tordus, carcasses de gros avions, locomotives, immeubles dévastés...

Je double un semi-remorque qui me fait chier depuis cinq minutes.

... Série d'immeubles et de gratte-ciel dévastés. L'homme rentre dans la structure de celui qui paraît dépasser par sa taille tous les autres. À travers les endroits où il y avait autrefois des murs, des façades, des palissades, on le voit monter les marches d'un escalier. D'en bas, d'en haut, de face et de profil, sous tous les angles, la caméra le cerne, mais sans l'emmerder. Elle le montre, c'est tout. Elle se fait toute petite, invisible. Son rôle est de se mettre au service de la terrible poésie qui se dégage de cette charpente d'homme s'inscrivant dans le corps dévasté de l'immeuble. La caméra n'est pas là pour elle-même, pour se faire voir, se faire valoir. Elle obéit aux règles de l'histoire du personnage. Comme un microscope, elle va chercher ce que l'homme ne peut pas nous dévoiler parce qu'il ne le voit pas lui-même et puis même s'il le voyait, ça ne se fait pas qu'il nous le montre. Il n'est pas là pour ça. Il ne sait même pas qu'il est regardé, lui. Il vit, c'est tout...

À hauteur de Ben-Aknoun, je longe la cité Malki, Djenane Malik, puis j'emprunte sur ma gauche l'avenue Larbi-Allik.

... L'homme continue d'escalader les marches en béton nu du gratte-ciel jusqu'à la fin. Jusqu'au bout. C'est-à-dire

là où il n'y a plus rien après. Dès qu'il apparaît, des dizaines de mouettes, de corbeaux, de pigeons qui nichent là s'envolent dans un tollé général, un charivari indescriptible et des battements d'ailes effarouchés.

Ce n'est pas une terrasse, on dirait plutôt que l'immeuble a subi une déflagration à cet endroit-là. On y distingue le tracé des appartements ou d'anciens bureaux ainsi que des murets de hauteurs inégales délimitant les différents espaces. Il y a plein de coins et de recoins. L'homme s'approche du bord de l'immeuble et, à travers ce qui reste d'une fenêtre, il scrute l'horizon. Ses yeux se rétractent comme font les yeux de l'aigle quand il regarde loin, dans les contrées froides.

Loin, partout, le même bordel, le même décor.

Je traverse le chemin Gadouche-Abdelkader, ex-chemin de la Madeleine. Au niveau de la colonne Voirol, je descends la rue Dr Lucien-Reynaud qui me conduit tout droit vers la place Adis-Abéba.

L'homme découvre une grande quantité d'œufs d'oiseaux. Il en ramasse quelques-uns, les casse et les gobe un par un. Dans le ciel, au-dessus de lui, les oiseaux ne sont pas contents.

Le vent souffle.
Le soleil se couche.

Un oisillon tente de passer par-dessus le bord de son nid, mais, à chaque tentative, il se casse le bec comme un idiot sympathique. L'homme le saisit puis le pose délicatement sur la paume de sa main. Avec le bout de son index, il lui caresse la nuque. Ça plaît à l'oiselet qui frétille de plaisir, mais certainement pas au gros volatile qui semble être sa maman si on en croit les cris qu'elle pousse en tournoyant au-dessus de l'homme.

Lumière d'éclipse.

Le vent change soudain de régime. Il ne souffle plus, il siffle et grogne maintenant.

L'homme s'allonge sur le béton. Il tire ses vêtements dans tous les sens afin de calfeutrer les orifices par lesquels s'infiltre le froid glacial.

– Piu !

L'homme étend son bras, attrape le nid, le rapproche de lui et y dépose le bébé mouette.

– Piu ! Piu ! dit ce dernier.

L'homme s'allonge sur le côté, visage tourné vers le piupiu, se recroqueville, et s'endort

73

en se servant d'un parpaing comme oreiller.

Le rideau de la nuit tombe.

« Alger-Centre, sortie à 600 mètres ».
Je clignote et me rabats sur la droite.
Je prends la sortie Ben-Aknoun et me retrouve dans la ville.

Le dernier rectangle de lumière sur l'écran de la nuit s'évanouit sur l'index de l'homme qui effleure la tête de l'oisillon, juste à l'endroit où se situe la fontanelle chez les bébés humains, si mes souvenirs sont bons.

La caméra filme la nuit noire, sans lune. Une nuit d'encre qui coule avec seulement le vent comme compagnon et des espèces de cris lointains ainsi que des bribes de chants qui seraient composés et interprétés par Ghédalia Tazartés par exemple, mais c'est pas obligé, on peut trouver quelqu'un d'autre. Il faut juste que le chant nous fasse penser qu'il proviendrait du fin fond des abysses de la mémoire de l'homme depuis qu'il est devenu un indécrottable salopard de capitaliste.

Le jour se lève sur le petit oiseau qui remue comme s'il était en train de faire un cauchemar. Après des efforts pour écarter ses paupières soudées par un liquide qui ressemble à de la pommade jaunâtre, il ouvre les yeux.

– Piu ! Piu !

Les yeux de l'homme s'ouvrent ! Comme une explosion.

La caméra doit témoigner de ça.

Grand soleil froid.

L'homme se lève et fait le tour des lieux, en s'arrêtant pour regarder longuement vers l'est…

L'ouest…

Le sud…

Le nord.

Après avoir revissé le cigarillo entre ses lèvres enserrées comme des tenailles, il se met à tourner en rond, à faire les cent pas, songeur. On le voit bien à l'arrondi de ses épaules et à sa tête baissée pour la première fois, depuis le début de cette histoire en tout cas, avec la sensation d'un soudain abandon.

Peut-être, à ce moment-là, défiler rapidement une série d'images précédant les terribles événements que cet homme a vécus et qui donnerait des éléments de compréhension du comment ? du pourquoi ? du parce que !... mais, c'est pas obligé.

La 4L se pourlèche les soupapes en descendant aisément la rue Franklin-Roosevelt. Ça glisse tout seul, hein, ma cocotte ? Au retour tu vas souffrir, mais là, ça descend tout seul. C'est du gâteau. De la zlabia[1] de Boufarik, pour toi, ça. En plus, d'ici, tu as une vue touristique. La mer, le musée Bardo, le parc de Galland, la villa Abdeltif, notre villa Médicis... Mais ne nous éparpillons pas. Continuons le film. Où en étais-je ? Bon, après une série d'images précédant les terribles événements que cet homme a vécus, que fait l'homme pour le moment... ?

L'homme descend vers les étages inférieurs de l'immeuble et traîne ses guêtres partout, au hasard, à la recherche d'on ne sait quoi. On se pose des questions, mais pour le moment on n'en sait pas plus que ce que la caméra veut bien nous montrer. Pour capter le fond de tout ça, notre « héroïne » fait le maximum. Avec appétit, pudeur et sans précipitation, elle s'implique de toute son âme (car la caméra emprunte l'âme de celui qui l'utilise, s'il en a une) pour nous faire vivre chaque détail de l'action, tout en gardant ses distances, bien sûr.

L'homme arrache des planches, casse des meubles en sautant par-dessus, éventre des coffres, déblaie des ruines

1. Zlabia : gâteau en forme de radiateur miniature, dégoulinant de miel.

de placards, descend des étages, remonte des étages, retourne les résidus, récupère des clous, trouve une scie, ramasse un marteau…

Il remonte au fur et à mesure toutes ses « trouvailles » vers la plateforme et les dispose côte à côte, sous le regard attendri de l'oisillon et les remontrances criardes de sa tribu.

Une fois qu'il finit de rassembler les outils et les objets dont il a besoin, l'homme soulève un chevron, se colle à lui, puis, à l'aide d'une tige en fer, il trace un trait juste au-dessus de là où arrive sa tête. Ensuite, après avoir coupé la planche au niveau du repère, il s'en sert comme d'une unité de mesure. Il se met laborieusement, méthodiquement, froidement, à scier des madriers, des planches, des solives. Il les rabote, les aplanit, les dégauchit, les perce,

les cloute, bref, vous voyez ce que je veux dire... Et hop ! tout ça, ça fait un cercueil. Un cercueil mal dégrossi, bien sûr. Une sorte de sarcophage de bricoleur. L'homme rentre à l'intérieur, s'allonge pour voir si les mesures sont bonnes, se relève, s'assoit comme quand on s'assoit dans sa baignoire, empoigne le couvercle qu'il avait pris soin auparavant de mettre à portée de sa main, le soulève et s'allonge. Il tire le couvercle vers lui...

Rue Didouche-Mourad, ex-rue Michelet, le cabaret Blue Note sur ma droite, un peu plus bas, sur ma gauche, le Sacré-Cœur. Je continue jusqu'au quartier Meissonnier et je prends la rue Victor-Hugo sur ma droite.

Plongée sur le cercueil qui est dans la position fermée, maintenant.

Gros plan sur l'oisillon qui ne comprend rien au fourbi de son tout nouvel ami.

– Piu ?

Le couvercle se relève. L'homme se remet en position assise, réfléchit, s'extirpe, s'empare de la scie et troue deux ouvertures sur les planches perpendiculaires, à la hauteur de ses coudes. Après ça, il plante deux gros clous sur le couvercle et les enfonce à moitié, pose le marteau dans le cercueil, soulève à bras le corps le couvercle et s'allonge de nouveau en ajustant de l'intérieur l'espèce de radeau branlant qui lui sert de couvercle.

Le vent s'arrête de siffler, les oiseaux de crier.
Silence.

Par l'un des trous percés, une main armée du marteau sort et se met à cogner sur l'un des gros clous. Une fois le clou enfoncé, la main rentre, sort de l'autre côté, fait exactement la même chose, puis elle rentre.

Silence.

– Pan !

– Piu ?!

La main sort doucement par le trou qui fait face à la caméra, pose un pistolet fumant sur le rebord du cercueil et repart d'où elle était venue. Quelques secondes plus tard, la même main ressort, pose le cigarillo tout juste à côté de l'arme et retombe. Elle reste suspendue à l'extérieur.

– Piu piu piu… Piu piu piu !

Deux/trois mesures de violoncelle… sur l'oisillon qui sautille, éperdu. La nuit s'installe par palettes successives jusqu'à ce qu'il ne reste plus qu'un rectangle noir sur l'écran avec les « piu piu » de plus en plus lointains, de moins en moins audibles…

Coupez ! C'est dans la boîte !

Je me fais un de ces putains de cinéma dans la tête ! Un vrai bordel ambulant. Des histoires y naissent et y meurent chaque jour. Ma boîte crânienne de production virtuelle est pleine à craquer de films toutes catégories : comédies, films d'action, guerre, amour, pirates, science-fiction, épopées historiques, politiques, séries policières… Un jour, quand je me serai un peu assagi, j'organiserai un festival de films montés en imagination.

En vrai… dans la vie réelle, je veux dire, mis à part les quelques courts-métrages réalisés dans le cadre de mes études à l'école de cinéma de Moscou, je n'ai pas imprimé un seul mètre linéaire de pellicule de fiction.

J'avais vingt-cinq ans quand je suis rentré au pays, diplôme en main, la tête remplie de galaxies. La production cinématographique nationale était et reste très faible, pour ne pas dire inexistante. Avec des budgets qui permettaient à peine de tourner deux ou trois longs-métrages par an, il était difficile de se faire une place sous le minuscule soleil du petit cinéma national. Seuls quelques cinéastes issus du service documentaire dans le maquis pendant la guerre de libération nationale et ceux qui ont été formés sur le tas par la télévision dans les premières années de l'indépendance avaient la possibilité de tourner de temps à autre.

Je fais deux fois le tour du pâté d'immeubles en passant deux fois devant Le Khayyam, où m'attendent mes amis, sans trouver de place. C'est un véritable casse-tête de se garer dans ce tissu de ruelles étroites. Je refais un tour, puis, pour ne pas tourner indéfiniment en rond, je décide de faire appel aux grands moyens en faisant signe aux djenouns[1] affectés à la circulation automobile. Je les implore de venir à ma rescousse en déclamant la formule rituelle que je n'utilise qu'en cas de force majeure : *Ah hana madja sana maja a tchina yerz iferris*[2] ! et... Pouf ! Un clignotant s'allume et une camionnette de livraison libère une jolie place. Je m'y engouffre. Il faut dire que les trolls m'ont à la bonne. Je me penche vers le pare-brise, lève la tête vers le ciel qu'ils sillonnent, invisibles à l'œil humain, et leur adresse un sourire de reconnaissance.

« Merci à toi aussi, ma belle », dis-je à ma petite 4L chérie, comme chaque fois qu'elle accomplit la délicate mission de me mener sans panne à ma destination.

---

1. Djenouns : génies, diablotins.
2. Ah hana madja sana maja a tchina yerz iferris : formule ésotérique dont le sens reste mystérieux même pour celui qui la dit.

Les copains sont déjà presque tous là, par ordre alphabétique : Abdel, Arezki, Hamid, Mustapha, Zahir, soudés au bar, bouteilles de bière à la main, buvant au goulot, avec leurs bonnes bouilles de rêveurs mélancoliques mais tout de même rigolos. Dès qu'ils me voient, ils posent les « armes » et se tournent vers moi. Au même instant, Zine vient d'arriver. S'ensuit l'un des grands sports nationaux : un chassé-croisé d'accolades, de serrages de mains, de *bouss bouss*[1] frénétiques, quatre chaque fois, chaque joue en prend pour son grade, parfois on oublie qui on

1. Bouss bouss : bisous.

a embrassé alors on recommence, on se tapote le dos, on se tire les moustaches, on s'arrache les cheveux, on se secoue virilement les mains tout en mettant à l'épreuve de force les articulations et les muscles du dos, des épaules, des omoplates, des cervicales. On dirait la mise en train collective d'une équipe de lutte libre avant un championnat.

– Une tournée de Nouas[1], Mahmoud ! Ah, putain, ça fait plaisir de vous voir !

1. Nouas : bière algérienne dont le nom est inspiré de celui du poète persan Abou Nouas, grand apologiste de l'ivresse.

Mahmoud, le patron du Khayyâm, fait claquer les lourdes portes de l'imposant réfrigérateur du « temps de la France ». Ses grosses paluches se glissent à l'intérieur, puis ressortent avec deux grappes de bouteilles vertes suantes. Il les dépose sur le comptoir puis esquisse un geste rapide comme un cowboy qui dégaine son arme pour ramener dans sa main l'ouvre-bouteille attaché par un fil à son poignet. Il tire plusieurs fois : tac tac tac tac tac tac ! L'ouvreur le plus rapide des bistros d'Alger fait s'envoler les capsules à une vitesse ébouriffante.

MAHMOUD, Le patron

Nous applaudissons pour la énième fois la prouesse.

– À vot' santé, les jeunes vieux ! dit-il en faisant avancer le bataillon de bouteilles en ordre serré vers le bord du comptoir.

– Tchin !
– *B'sahtkoum !*
– *Na zdorovié !*

Une fois par semaine, avec cette bande de joyeux drilles, compagnons de la dive bouteille, tous anciens des écoles russes – cinéma, théâtre, musique, danse, pétrochimie… –, on

ZAHIR

se réunit chez Mahmoud pour faire la fête, échanger des nouvelles et éventuellement se refiler des tuyaux pour des petits boulots qui permettent d'arrondir les fins de mois. Tous très calés dans leur domaine et pour certains, virtuoses, mes amis, comme moi, se sont retrouvés du jour au lendemain fonctionnaires. Ils enseignent ou dirigent des filières dans des établissements qui ne portent le nom d'instituts que parce que le ridicule n'est pas encore devenu un *serial killer*. Zahir, par exemple, du statut de pianiste émérite, a été dégradé au rang de professeur dans un conservatoire d'une lointaine banlieue. Zine, chanteur d'opéra, a arrêté de chanter car à chaque concert, le public se moque de ses pirouettes vocales qui n'ont rien d'oriental. Hamid, scénographe de haut niveau, s'est, lui, retrouvé à l'École des beaux-arts à dessiner des perspectives dans une filière sans avenir.

Depuis belle lurette, nous avons mis des couvercles sur les marmites bouillonnantes de nos rêves. Les danseurs sont devenus obèses, les géographes arpentent les avenues, les musiciens jouent pour du pipeau, les cinéastes tournent en rond...

– Dites-donc, nous interpelle Arezki, ingénieur en hydraulique, féru de politique, vous avez lu dans le journal de ce matin l'histoire incroyable de ce commerçant qui a importé dix mille chaussures d'Italie ?

Tous en chœur :
– Non !

ZINE

– Il les a fait entrer par bateau au port d'Annaba...
– Et alors ? Qu'est-ce qu'il y a d'extravagant là-dedans ?
– Rien... jusque-là ! Mais attendez la suite...
– Mahmoud, une autre tournée s'il te plaît, lance à la volée Zahir, qui n'écoute jamais parce qu'il a le tic de composer des musiques dans sa tête en pianotant avec ses cinq doigts libres sur le comptoir, un sourire d'idiot figé sur ses lèvres pour faire croire qu'il écoute.

En fouinant, les douaniers se sont aperçus que les dix mille chaussures étaient toutes pour pieds gauches.
– Nooon !?

HAMID

Mahmoud pose les munitions sur le comptoir, dégaine l'ouvre-bouteille et mitraille.
– Siii ! Vous savez que l'importation de marchandises à titre privé est surtaxée ?
– Ouiii ! Oh, tu nous casses les pieds, Arezki, tu allonges les histoires comme du chewing-gum... Une anecdote de rien du tout et tu mets dedans

de la politique, de la sociologie, de l'écono...

– Les douaniers étaient morts de rire...

– C'était écrit comme ça dans le journal : « Les douaniers étaient morts de rire. » ?

– Non. Qu'est-ce que vous êtes casse-couilles ! C'était pas marqué comme ça dans le journal. C'est mon interprétation personnelle. Dans le journal, il était écrit : « Les douaniers se sont moqués de lui ». Alors qu'est-ce qu'on fait quand on se moque de quelqu'un ? On rit. On s'esclaffe. On pouffe... Bon, vous voulez que je vous la raconte ou merde ?

– Te fâche pas, Arezki ! Alors ?

– Alors... ah, putain, ça y est, vous m'avez coupé la chique ! Eh Mahmoud !... t'as pas des olives, un œuf, des cacahuètes, comme dans n'importe quel putain de bar de n'importe quel trou du cul du monde ?...

Mahmoud dépose sur le comptoir deux petites assiettes pleines de pois chiches saupoudrées de sel et de cumin. Arezki avale d'un trait la moitié d'une Nouas. Ses doigts, tels des tentacules, s'ouvrent et se referment sur une grosse poignée de pois chiches.

– Allez, vas-y ! Donc ? Les douaniers ?...

Arezki allume une cigarette, aspire une taffe et, comme s'il ne s'était rien passé, réattaque l'histoire :

– Ils ont validé le bon d'entrée de la marchandise sur le territoire national sans lui faire payer de taxe…

– Pourquoi ?

– Parce qu'ils imaginaient que n'ayant que faire de milliers de chaussures gauches, le commerçant allait les jeter à la décharge publique.

– Et alors ?

– Alors, tête basse, mine renfrognée comme s'il avait la mort dans l'âme, l'homme quitta le port sous les sarcasmes des douaniers qui ne cessaient de se moquer de cet imbécile qui s'était fait avoir comme un bleu par un rusé Napolitain. Le soir même, « l'infortuné » a pris l'avion à destination d'Oran. Le lendemain, sous les moqueries des douaniers oranais, il réceptionna dix mille chaussures pour pieds droits débarquées au port de la ville.

– Oh, pu… pu… pu… pouffe Abdel qui bégaie depuis le jour où on l'a affecté au Ballet National pour chorégraphier le folklore des Aurès, alors que ses professeurs au Bolchoï voyaient en lui un futur Diaghilev.

– Pu... pu...

Comme on va au secours d'un noyé, nous terminons son mot pour abréger sa souffrance.

– ... tain !

Abdel se met en rogne. Il veut finir ses mots lui-même, aussi longs et ardus soient-ils. Il nous a déjà prévenus, mais on n'arrive jamais à se retenir.

– Je vous emm... emm... !

– ... merde ! finissons-nous tous en chœur en suivant les mouvements de la baguette de chef d'orchestre que mime Zahir.

MÉZIANE

Tout le monde éclate de rire, même Abdel.

– Mahmoud ! Une tournée !

– Oh, les gars ! Vous voulez pas vous asseoir dans votre petit salon du fond ? Vous y serez mieux. Y'a du monde qui commence à arriver et vous gênez le passage...

– Nous restons debout pour que la bière circule jusqu'au bout des orteils. Si nous restons assis, le bas-ventre va se comprimer et faire barrage. Le liquide sera contenu au niveau de la ceinture abdominale et ça empêchera les jambes d'être arrosées. C'est pour ça que les grands buveurs de bières ont de gros bides et des jambes fluettes. Pour boire équilibré, il faut boire debout ! explique Méziane, physicien et ancien buveur d'eau converti à l'alcool en URSS par le biais du principe d'Archimède : « Tout corps plongé dans de la vodka reçoit de la part de celui-ci une poussée verticale, dirigée de bas en haut, égale au poids du volume de fluide déplacé. »

– Et voilà la tournée ! annonce le patron en posant un bataillon de bouteilles qui caquettent en s'entrechoquant.

– Merci, Mahmoud, tu es une mère poule pour nous ! dit Zahir, dont l'oreille musicale ne perd aucun détail dans les structures sonores qui l'entourent.

On vide nos verres et on les remplit en les penchant dans l'exacte inclinaison du globe terrestre par rapport aux pôles, pour être en accord avec les lois de la gravitation et pour éviter de faire trop de mousse.

– Bon, allez, por… por… tons un… un… to… to ! commence Abdel.

Nous finissons :

– st !

On lève nos verres.

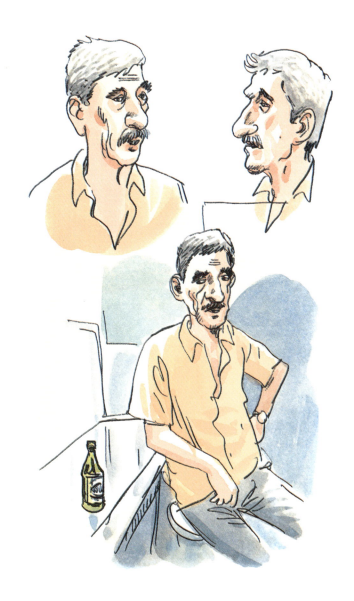

– À ce pays qui part en couilles ! déclame Zine de sa voix de stentor.

Tous en chœur :

– À ce p…

– Ohhh, fermez vos gueules ! s'énerve Mahmoud. Je vous ai déjà prévenus. Si vous voulez faire de la politique, vous la faites pas chez moi !

– Les couilles, c'est pas de la politique.

– C'est quoi alors ?

– Je sais pas comment te l'expliquer, mais les couilles c'est beaucoup plus palpable que la politique.

– Salut les Soviets suprêmes ! nous lance un pilier de bar qui a acheté pour son coude droit une concession à vie au bout du comptoir.

Je l'ai toujours vu là, lui. Toujours assis sur un tabouret, dos au mur. Il a une vue panoramique sur l'ensemble de la clientèle. Cette place stratégique lui est réservée par la maison car il est hanté par la psychose d'être assassiné d'un coup de poignard dans le dos. Menacé de mort par la police politique en 1964 pour ses activités au sein d'un parti d'obédience socialiste qui à l'époque avait pris les armes contre les forces gouvernementales, il voit des Raskolnikov partout. Depuis, il a été réhabilité, mais il n'a jamais réussi à repousser les murs dans lesquels la peur l'avait emprisonné.

– Ces cons de Russes ont eu l'occasion inespérée d'avoir inventé le seul système qui aurait permis à l'humanité de vivre dans l'égalité, et ils en ont fait un cauchemar... dit un homme vêtu d'un costume pour cadre supérieur de société nationale, à l'adresse de son alcoolite, assis en face de lui et dont le complet marron rayé beige provient de la même usine de costumes pour cadres supérieurs. Il parle un ton plus haut que ne l'exige une conversation intime afin d'être entendu par nous.

– Eh, Mahmoud ! réagit Arezki, il fait bien de la politique, lui. Pourquoi tu le fais pas taire ?

Mahmoud s'énerve :

– Qui ? Lui ?

– Oui, lui !

– Vous le connaissez pas ?

– Non !

– C'est un flic ! chuchote-t-il en se baissant pour convoquer nos oreilles. Lui et son pote, ils sont de la police politique. La police secrète. Tout le monde les connaît ici. Ils vont de bar en bar comme on va à la pêche, de crique en crique, lancent des amorces et attendent que le poisson morde. Eux, c'est du sérieux. Ils font pas de la politique « anatomique » comme toi !

– Quel rapport avec l'anatomie ?

– Et mes couilles, c'est du poulet ?

Cette bande de bolcheviks n'est qu'un ramassis d'infidèles ! maugrée, soudain volubile, un vieux cancre de fond de bar complètement éméché qui pense racheter un peu de sa mauvaise foi imbibée de vin en accusant les autres de mécréance.

Les deux flics en civil

Une réponse cinglante provient de la bouche de Méziane :

– Toi, tu sais quoi, bougre de putain d'hypocrite ? Si on te plongeait dans tout ce que tu as bu comme boissons condamnées par notre sainte religion, tu pourrais aller à la nage jusqu'en enfer sans prendre une seule fois ta respiration !

Faisant toujours semblant de s'adresser à son collègue, l'espion des services secrets, le requin de bar lance à haute-voix une amorce pour nous appâter :

— Ils jouent aux bohèmes, fêtent la liberté de penser et ils s'identifient à l'URSS, tu te rends compte de l'incohérence ? C'est une aberration ! dit-il à son confrère.

Zahir tord l'hameçon :

— Nous aimons l'esprit de la Russie et non le corps de l'Union soviétique ! répond-il, en faisant face au fonctionnaire à la solde du gouvernement. Nous célébrons le pays de la vodka, du samovar, de Dostoïevski, du caviar, de Pouchkine, de Tchékhov, d'Eisenstein, de Tolstoï, de la balalaïka, de Kozintsev, de Gogol, de Boulgakov…

Nous levons nos verres, puis, à la suite d'Arezki, nous énumérons en faisant claquer dans nos bouches les rudes sonorités de nos âmes russes préférées :

— Dovjenko ! crie Arezki.

— Bondartchouk ! l'imite Mustapha.

— Chos… ta… ko… vitch ! dis-je en martelant chaque syllabe du nom de celui dont les compositions agitent mes neurones comme on secoue un shaker.

— Tchaïkovski !

En prélude au rythme inattendu que vient de prendre l'ambiance, Mahmoud attaque une ouverture de bouteilles de bière : stacatto de capsules de Nouas qui s'envolent !

– Paradjanov !

De sa voix grave qui rappelle celle d'un Boris Christoff, Zine se met à chanter en commençant le bâti de sa mélodie par des fondations profondes puis remonte d'un palier pour y déposer une couche de baryton. Il mélange savamment ce mortier pour se donner une assise solide, puis entame l'escalade d'une pente vertigineuse en s'accrochant aux arpèges comme un homme volant à son trapèze. Arrivée au sommet, sa voix lâche un feu d'artifice d'aigus. On aurait dit que sa bouche était remplie d'oiseaux de toutes espèces qui s'adonnent à une folle jam-session. Sa puissante tessiture renverse l'état d'âme de l'assemblée des buveurs et fait vibrer les verres et les bouteilles.

– Guérassimov !
– Anna Akhmatova !
– Innocent Annenski !
– Andreï Biély !
– Alexandre Blok !

Abdel déroule dans l'espace la spirale de son ventre, réplique de celui du père Ubu, dans un mouvement circulaire d'obédience orientale, puis le mue en des figures de danses populaires russes. Sous l'œil médusé de ceux qui ne lui connaissaient pas cette virtuosité, l'obèse Abdel, l'ex-future étoile du Bolchoï, agile comme dix chats de gouttière, léger comme un vol d'hirondelles, se lance dans des figures complexes à donner le tournis à un derviche.

Nous accompagnons le chant de Zine et nous entrechoquons les bouteilles pour marquer le tempo.

– Dziga Vertov !

– Nikolaï Goumilev !

Les autres clients sont réjouis par le tour de passe-passe que nous avons fait pour détourner les excréments de la petite politique de bistro et la transformer en élément de réjouissance générale. Ils applaudissent l'alchimie.

– Vélimir Khlebnikov !
– Ossip Mandelstam !
– Maïakovski !
– Boris Pasternak !
– Vakhtangov !

Sur une table, Abdel virevolte comme une toupie. Il s'amuse. Il fait le pingouin. Il fait rire la galerie. Il étonne. Il stupéfie. Il tourne, tourne, tourne…

– Merde à Staline !

Arrivé au sommet de ses possibilités vocales, Zahir arrête son chant. Synchrone, Abdel immobilise son corps magistral.
– Merde à Gagarine !
Nous jetons nos verres de bière par-dessus nos épaules.
– Merde à Lénine ! et…
– … vive Bakounine !

Vers 3 heures et demie du matin, complètement déchirés, nous quittons donc le Khayyam, en nous tenant à tout ce qui est plus ou moins vertical : murs, hommes, portes…

Avant de sortir, nous avions dû conjuguer nos efforts et nos moyens de conviction pour arracher Méziane de la photo du président du pays trônant dans un cadre suspendu au mur, et à laquelle il s'en était pris dès le départ des deux flics en civil. Il s'était posé à 1 mètre du portrait du « premier homme du pays » et s'était mis à l'accuser de tous les maux dont souffre la nation. Il lui racontait sa vie, ses rêves et ses déboires et l'accusait d'en être responsable. Il lui montrait la photocopie de ses diplômes et sa maigre fiche de paie, lui parlait en arabe dialectal, en arabe littéraire, en kabyle, en anglais, en russe, en tchèque. Il lui donnait des leçons de gestion politique. Il sortait et rentrait plusieurs fois sa langue en agitant de haut en bas ses mains collées à ses oreilles pour se foutre de sa poire.

Tout le monde se marrait car si, à jeun, Méziane est plus familier des chiffres, en état d'ivresse, il accède à une parfaite maîtrise des lettres. Et c'est un vrai régal de l'entendre discourir.

– Tu sais ce que tu vaux, veau ? avait-il dit au premier magistrat du pays. Tu sais quel est ton poids de mesure au baromètre des valeurs universelles ? Attends, tu vas voir... Je vais te le dire, moi !

Il avait rapproché une chaise du cadre, y était monté, s'était

appuyé sur le dossier, avait tourné le dos vers le mur, pointé son derrière sur le portrait et lâché un pet tonitruant.

— Voilà ce que tu pèses, mon ami !

Tout le monde était plié de rire. Il en avait des inventions, Méziane ! Toutes aussi clownesques les unes que les autres, mais lorsqu'il avait craché de toutes ses forces sur le président en papier glacé, les rires des spectateurs s'étaient refroidis brusquement. Les têtes s'étaient retournées, cherchant les ombres que les flics avaient laissées derrière eux en partant. Car tout le monde sait que les ombres des flics sont parfois plus nuisibles que les flics eux-mêmes. Mahmoud était en colère. Il contourna le comptoir et, muni d'un torchon, il fonça droit sur Méziane.

— Tu es malade !... Tu es devenu fou ou quoi ? Tu as sali mon cadre !

Il se mit à essuyer énergiquement la vitre du cadre.

— C'est sur cet enfoiré que j'ai craché ! Tu n'as rien à voir là-dedans, toi...

— La photo appartient à l'État, mais le cadre est à moi. Quand on va changer de président, les services de l'État vont nous donner la photo du nouveau président... mais le cadre, lui, la vitre, et le clou auquel il est suspendu, sont à moi. C'est une atteinte à la propriété privée !

— Enlève la photo, alors, et donne-la-moi ! Je vais lui cracher dessus sans toucher ton cadre.

— Tu es fou, la photo du président, c'est ma licence d'alcool, tu comprends pas ! Elle est dans tous les bureaux, les commerces et les bars du pays. Si tu veux pas voir de photos de président, tu bois chez toi !

Méziane fondit sur le cadre pour le décrocher. Mahmoud s'interposa. S'en est suivi un ballet ridicule avec à la clef une chorégraphie de tables qui ont fait du chassé-croisé, chaises qui ont valdingué, Mahmoud et Méziane tournoyant, tenant chacun un côté du cadre, tirant de toutes leurs forces pour se l'accaparer. Et, au milieu de ce fatras, le buste du chef de l'État, sous la vitre, qui suivait les mouvements, comme un cadavre recouvert par l'onde d'un

ruisseau, ses yeux morts sautillants d'un coin à l'autre du plafond.

Nous étions intervenus pour calmer les antagonistes. On embrasse Méziane sur les joues, on lui parle à l'oreille, on lui saisit le visage entre les paumes de nos mains, on lui secoue énergiquement la tête pour lui recadrer les neurones, on rit d'un rire de fausset pour lui signifier que tout cela n'a aucune importance, que la vie n'est qu'une énorme plaisanterie dans laquelle certains rient plus que d'autres.

– Réveille-toi, Méz ! Ce n'est que du papier. Tu ne peux pas t'en prendre à ce point-là à une image ? Allez, c'est fini ! Viens, Méz. Un jour, tu auras ta revanche. Un jour, tu seras président d'une vraie république.

– Et c'est toi qui seras là, dans ce cadre, putain, et personne ne te crachera dessus car tu es un soleil sur lequel aucun crachat ne peut avoir prise... allez, *barka mat qewed dork*, arrête tes conneries maintenant, viens, on rentre...

Zine, Mustapha et moi avons essayé de calmer Mahmoud en relativisant l'accident. Mais, le problème, c'était que le patron du Khayyam buvait lui aussi. Et pas qu'un peu. À la fermeture, il est souvent aussi bourré que ses clients. Sa philosophie première c'est que, pour être en adéquation avec l'esprit de sa clientèle, il faut boire au même rythme qu'elle. Et là, on peut dire qu'il était vraiment en phase avec Méziane. Tous ses muscles étaient noués par la colère. Face à cette violence qui pouvait facilement dégénérer, nous avons opté pour la douceur. Abdel a sorti de sa poche une petite boîte de baume du tigre qu'il portait toujours sur lui, en a étalé un peu sur ses paumes puis s'est mis à lui masser les cervicales. Ça a vite fait son effet. Zine a alors approché une chaise de Mahmoud et on l'a fait asseoir. Les doigts agiles d'Abdel rentraient profondément dans les interstices des vertèbres de Mahmoud, là où ses conneries forment des boules épaisses. Le groupe qui s'occupait de Méziane a réussi à calmer ce dernier avec fortes bises, proverbes, maximes et philosophie populaire. Une fois revenu à lui, Arezki a réussi à le convaincre de demander des excuses à Mahmoud. Ce qu'il a fait sans hésiter. Ce dernier n'a accepté les excuses qu'à la condition que Méziane offre une tournée générale pour marquer l'inconscient collectif du Khayyam. Tout le monde a éclaté de rire. Méziane a sorti tous les billets qui lui restaient dans ses poches, les a jetés en l'air et a crié : « Aya ! tournée générale ! *Naâl bou elli may hebnache*[1] *!* »

Après la tournée de Méziane, Mahmoud nous a intimé l'ordre de ne pas sortir avant d'avoir bu

---

1. Naâl bou elli may hebnache : Et merde à ceux qui nous aiment pas !

la tournée du patron, la tournée du pardon ! Nous l'avons bue et après est venue la tournée des bises pour se dire au revoir. Et là, ho la, *ay ay ay* ! Je ne vous dis pas le bordel que c'était. Ça avait duréééé !...

Il est donc 3 heures et demie et nous quittons le Khayyam, en nous tenant à tout ce qui est vertical : murs, hommes, portes… Arezki et moi sommes les seuls à posséder un véhicule. Comme d'habitude, nous nous scindons en deux groupes : celui qui doit monter avec moi et que je dois déposer en chemin et celui qu'Arezki doit dispatcher sur le parcours le menant vers la banlieue-Est de la capitale où il habite.

On se dit encore au revoir, on rit jusqu'à saturation du diaphragme, pour un rien, pour un mot, pour un geste, et on s'embrasse de nouveau, et des riverains réveillés par le tapage nous insultent du haut des fenêtres et des balcons, et nous leur faisons des bras d'honneur…

– En route, Zoubida !

Zahir, qui est monté avec moi, entonne une chanson populaire de l'Azerbaïdjan qui parle de la vie, de l'amour et de la mort. Les paroles pleines d'ironie nous vont droit à l'âme et la tristesse de la mélodie nous déchire le cœur. Nous partageons notre malheur dans la joie, soudés comme des frères aux atomes crochus. Nous reprenons parfois en chœur le refrain pour soutenir la voix de Zahir pendant que nous roulons à travers les méandres des rues algéroises.

Après avoir déposé le dernier de mes compagnons sur les hauteurs de la casbah, je prends le boulevard qui serpente vers Bab-El-Oued et rejoins la route du front de mer qui mène tout droit vers chez papa, maman et moi. Quand je débouche sur la mer, le soleil pointe son nez sur la ligne d'horizon, droite comme un I couché, et me dit bonjour. Je lui réponds poliment et ralentis pour me garer. Je veux faire le plein de fraîcheur, d'oxygène et d'iode.

Il est 6 h 15. Je dois partir dans une heure pour ne pas rater le passage d'Elle.

Je marche sur le sable humide avec l'impression que mes pieds sont happés par des sables mouvants tellement je suis lourd de sommeil et du poids d'une mélancolie soudaine. Arrivé au bout de la crique, je grimpe sur un rocher. Trois ou quatre silhouettes de pêcheurs éloignés les uns des autres apparaissent comme des traits noirs obliques ou verticaux dans l'aquarelle du paysage rocheux. Arrivé à proximité de l'un d'eux, je m'assois sur une petite plateforme en lui adressant un *salam âlikoum !* d'usage. En réponse à ma civilité, j'ai droit à un lapidaire borborygme. L'homme qui pêche est toujours dans une concentration intense. Elle rappelle celle d'un moine shaolin qui s'adonnerait au rituel d'un prêtre catholique. Son doigté précis et habile pour accrocher à l'hameçon les boulettes de pâte de pain imbibée d'huile de sardine qui lui servent d'appât est une véritable eucharistie. J'observe avec fascination chacun des mouvements de cet homme humble qui offre des hosties aux poissons. Bien qu'il paraisse ne pas apprécier ma présence, une certaine excitation dans les gestes me fait penser qu'il n'est peut-être pas mécontent d'avoir un spectateur pour admirer ses prouesses. Une fois les préparatifs finis, il lance le plus loin possible sa ligne lestée de plomb, puis après avoir rembobiné l'excédent de fil, il bloque la sécurité de son moulinet, s'assoit, cherche des yeux le bouchon-flotteur et le regarde sans relâche.

Je me mets à penser à Elle. À l'inventer, car je ne la connais pas. J'essaie de me la figurer, de la sculpter, là, dans l'espace. J'ouvre une fenêtre de mon imagination et elle arrive. Elle est là, elle vient de partout. Je m'allonge sur le rocher. Je la fais s'allonger à côté de moi. Le film commence : Elle, sirène des îles d'Alger de jadis, maintenant à jamais englouties. Elle est l'otage des pirates barbaresques, je suis le corsaire rouge. Je suis Burt Lancaster. Haubans, tempêtes, vigies, sabres et sang, rires et baisers…

   La clochette d'alarme sur le bout du roseau tinte. Je relève le buste. Ça mord. Le bouchon vert est aspiré vers le fond. L'homme, excité, tire sur sa canne. Une girelle frétille au bout de l'hameçon. C'est un joli poisson plein de couleurs vives à qui on donne aussi le nom de « demoiselle ». Il est tout petit. L'homme jette un regard furtif dans ma direction, espérant que je ne l'aie pas vu, puis avec délicatesse, il détache sa maigre prise de l'hameçon et la rejette promptement à l'eau.

Après avoir réamorcé, il relance sa ligne, allume une cigarette, s'assoit et regarde la mer. C'est fou, me dis-je, ce que la silhouette d'un homme qui se détache au milieu d'un nuage d'embruns, fumant une cigarette, tenant une canne en bambou fait penser au premier matin du monde. Bercé par la

toute petite symphonie tranquille des gifles que les vagues assènent aux joues des rochers, je ferme les yeux…

J'ouvre les yeux. Le pêcheur n'est plus là.

Effet spécial de disparition !

Les Américains appellent FX cette technique cinématographique qui consiste à faire disparaître subitement un personnage du décor. Je regarde ma montre.

9 h 37.

J'ai raté le passage d'Elle.

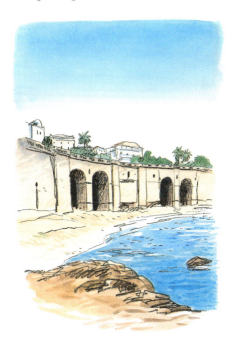

Ça y est ! Le glas de la batterie Sonelec a peut-être sonné, me dis-je, abattu. Je ne me fais plus d'illusions, depuis plusieurs mois, elle accumule les pépins, tombant souvent dans des états de prostration que je ne souhaiterais pas à une batterie d'ennemi. Je regarde à droite et à gauche. Il n'y a pas encore beaucoup de monde à cette heure pour me pousser. J'aperçois

une boulangerie dans l'une des rues qui remonte vers le centre de Bab-El-Oued. Un petit croissant me fera du bien.

En arrivant au niveau de la boutique, je découvre un peu plus loin l'entrée d'un hôpital militaire. Un soldat est posté dans sa guérite de contrôle et deux autres fument des cigarettes devant le portail d'entrée. J'hésite. J'y vais, j'y vais pas. Essaie, me dis-je, tu n'as à rien à perdre. Ils vont pas te manger. Même s'ils sont habillés tout en vert, ce ne sont pas des créatures des marais, ce ne sont pas des ogres. Nous sommes en

temps de paix, leurs armes leur servent à garder le moral, c'est tout. Et puis c'est l'armée populaire, et toi aussi tu es populaire, ce sont donc tes frères. Au pire, tu vas te faire engueuler. Vas-y !

Je me présente devant la guérite. Le soldat plisse les yeux. Je le salue.

– *Salam alikoum !*
– *Salam !*

– Dis-moi, mon frère, ma voiture est garée devant la boulangerie et elle est dans un sale pétrin… je veux dire dans un sale état. Elle veut pas s'allumer… c'est la batterie qui déconne… l'humidité, tout ça… Toi et tes copains, vous pouvez pas me pousser un peu ?

– Te pousser ? me dit le soldat, éberlué.

– Oui. Je sais, ça peut paraître bizarre de m'adresser à des militaires pour ça, mais les civils assez costauds sont rares à cette heure-ci… je connais bien votre sens de l'entraide. Vous pouvez quand même donner un petit coup de main à un ancien aspirant. Il y a quelque temps, vous auriez été sous mes ordres, soldat ! J'étais des vôtres. Ça fait pas longtemps que j'ai été démobilisé.

– Dans quelle région, tu as fait ton service ?

Reconnaissant tout de suite son fort accent des Aurès, je lui réponds tout de go :

– À Batna !

Il frémit de plaisir d'entendre la sonorité de son bled d'origine :

— Dans quelle unité ? dit-il, tout excité.
— Heu...

J'aperçois un engin dans la cour de la caserne avec un canon pointé vers le ciel.

— Les blindés.

Le soldat chaoui sort de son abri.

— À l'École d'application des blindés ?

— Oui ! dis-je, en secouant la tête avec un brin de fierté feinte.

— Ah, dis-donc, ça fait plaisir de rencontrer quelqu'un du pays !

Il me sert dans ses bras.

— Dis-donc, Rabah, lance-t-il à l'un des deux soldats fumeurs, va chercher quelques copains, et allez aider *ould bladi* [1] à pousser sa voiture.

Une demi-heure plus tard, Zoubida, bien que poussée par huit vaillants soldats de la République, ne voulait pas s'allumer. Arrivés à la sortie de Saint-Eugène, les guerriers me préviennent qu'ils ne peuvent pas aller plus loin sans se faire admonester par leurs supérieurs. Je les remercie et me mets à chercher qui peut prendre la relève.

Toutes sortes de gens formidables et originaux me poussent et d'autres me remorquent. Durant ces moments où des gens que je ne connais ni d'Ève ni d'Adam s'échinent pendant que je suis assis confortablement à tourner le volant de temps en temps, je

1. Ould bladi : un fils du pays.

rêvasse. Je pense à tous ceux qui m'ont poussé depuis que la batterie Sonelec a commencé à me lâcher sérieusement.

Une fois, à Bologhine, à l'entrée du stade municipal, j'ai été poussé par l'équipe de l'USMA qui sortait de l'entraînement. Une deuxième fois, par dix psychiatres qui dirigeaient un colloque sur la schizonévrose chamito-sémitique à l'hôpital Mustapha. J'y avais emmené un de mes oncles qui s'était mis soudain à croire qu'il était Juba II[1]. Une nuit, par des ingénieurs bulgares ivres qui cherchaient le nord pour trouver le sud. À une tout autre occasion, par des pleureuses revenant d'un enterrement collectif où les cercueils et les « invités » s'étaient tellement mélangés qu'elles ne savaient pas pour quel défunt elles devaient lacérer leurs visages. Un Vendredi saint, à la fin de la grande prière, j'ai été poussé par un groupe de salafistes qui sortaient de la mosquée de Chevalley, sur les hauteurs d'Alger.

---

1. Juba II : Roi berbère (52 av. J.-C. - 23 ap. J.-C.). Régna à Cherchell sous tutelle romaine.

Ces pousseurs à la barbe fleurie avaient profité de l'occasion pour me faire réviser quelques versets coraniques. L'un d'eux, avec un air mi-figue, mi-raisin, m'avait dit : « J'espère que ce n'est pas avec cette cariole que tu iras à la Mecque accomplir le Hadj[1]. Car si c'est le cas, je doute que tu y arrives avant le Jugement dernier… »

Un autre jour de chance, j'ai été poussé par des cuistots de la présidence de la République sortis fumer un joint derrière le palais. Un jour, par des pousseurs anonymes qui venaient de pousser quelqu'un d'autre

---

1. Hadj : Pèlerinage à La Mecque qui constitue l'une des cinq obligations de l'Islam.

et qui s'étaient dit pourquoi pas tant qu'on y est pousser encore celui-là. Et, comme on n'est jamais mieux poussé que par soi-même, plusieurs fois, en d'autres occasions, j'ai poussé moi-même. Le principe de pousser soi-même est simple et compliqué à la fois. Je poussais, puis dès que la voiture prenait de l'élan, je courais, ouvrais la portière et me glissais rapidement à ma place de conducteur. Un jour, j'ai poussé, puis couru à perdre haleine. J'ai rattrapé *in extremis* Zoubida, mais la porte ne voulait pas s'ouvrir. Alors, furieux, mais surtout impuissant, je l'ai vue filer droit vers un poteau électrique qui l'attendait en contrebas et qui lui a mis un phare au beurre noir.

Un jour, j'ai poussé une 4 L qui avait la même robe blanche que Zoubida. Le chauffeur était au volant, et moi, recroquevillé sur moi-même comme un lutteur turc pour réunir toutes mes forces – car j'étais le seul pousseur –, je poussais comme un damné pour faire mouvoir la masse des 1 500 kilos sur roues. Dès que la belle était emballée, j'avais couru derrière elle. J'avais tenté d'ouvrir la portière pour sauter sur mon siège et engager la manœuvre comme je le faisais d'habitude... Le chauffeur m'avait jeté un regard affolé en se demandant pourquoi je voulais forcer la portière de sa voiture. Et moi, pendant deux secondes, j'avais été très surpris de voir quelqu'un d'autre à « ma » place.

Une fois, ma batterie m'ayant lâché à proximité de l'Institut de formation polytechnique, j'ai été poussé par des professeurs qui expérimentaient avec leurs élèves le principe de la force centrifuge. Collés à la carrosserie, disciples et enseignants poussaient de toute leur force. Au moment où j'avais donné un coup de volant pour négocier, un peu plus bas, le virage en forme de fer à cheval, maîtres et apprentis avaient été projetés par le sujet de leur étude comme des quilles contre le mur du bâtiment qui longeait le tournant. Ils avaient mal à la tête, aux épaules, aux côtes, leur nez aplati par le choc saignait. Les élèves gémissants prenaient des notes sous la dictée des professeurs larmoyants. Puis, ils s'étaient remis à courir derrière Zoubida pour recommencer l'opération au virage suivant afin de peaufiner leur expérimentation.

Un jour, j'ai été poussé par les membres d'une confrérie maraboutique tout de blanc vêtus, portant chèches et talismans et qui, tout en poussant, entonnaient un chant hagiographique à la gloire de Sidna Youssef, le beau Joseph qui se refusait aux dames pharaoniques. Saisis par l'extase provoquée par le *tarab*[1], ils avaient continué à pousser même quand le moteur s'était allumé. Je les avais remerciés d'un geste de la main, mais j'avais vu dans le rétroviseur qu'ils étaient ailleurs, quelque part dans un monde parallèle. J'avais augmenté la vitesse progressivement pour m'en détacher... mais, à 50 à l'heure, ils étaient toujours là, à quatre-vingts, ils n'avaient pas lâché prise. Zoubida était en transe elle aussi. Comme on arrivait à l'entrée d'une importante agglomération, de peur d'écraser une forte population qui occupait l'artère principale, vu que c'était un jour de foire hebdomadaire, j'avais freiné subitement et mes pousseurs avaient été projetés en avant. Je les avais vus s'envoler comme un vol d'hirondelles jusqu'à disparaître là-haut dans les cumulus du *firdaous*[2].

La seule fois où je n'avais pas été poussé jusqu'au bout, c'était un soir de ramadan. Un groupe de jeunes gens poussait vaillamment Zoubida, qui avait du mal à se réveiller, et ne cessait de nous donner du fil à retordre depuis le début du « poussage ». On aurait dit qu'elle faisait carême. L'effort accentuait la pâleur des hommes déjà laminés par la faim. Chaque fois que Zouzou s'immobilisait, épuisés, mains sur les genoux, pour se retenir de tomber, bustes penchés en avant, ils toussaient à rendre l'âme. Au moment où la batterie avait enfin émis le premier signe d'allumage,

---

1. Tarab : chant menant à l'extase chez les adeptes du soufisme.
2. Firdaous : l'Éden, le paradis céleste.

tous les haut-parleurs des mosquées environnantes avaient crachoté. Après quelques versets préliminaires, était venu celui qui annonçait la rupture officielle du jeûne. Une joie immense avait saisi mes pousseurs qui avaient lâché prise et s'étaient mis à courir chacun dans une direction pour rentrer vite chez eux. Ils m'avaient lancé un *saha f'torek*[1] ! gentiment moqueur car, leur ayant dit vers quelle destination j'allais, ça les avait amusés d'imaginer le long chemin qui me restait avant de rompre le jeûne. À vol de pintade aux olives, je devais parcourir 13 kilomètres à pied pour arriver chez moi.

Vers midi, le tracteur qui m'avait remorqué depuis la commune voisine manœuvra dans le parking de la cité pour garer Zoubida dans un endroit d'où je pouvais sortir plus facilement, au cas où il y aurait encore une chance qu'elle se rallume en la poussant.

« Mais, m'avait lancé le paysan qui m'avait tracté, je pense qu'elle a émis son dernier souffle ce matin. *Allah ghaleb*[2] ! Nous venons de la poussière et à la poussière nous retournons. »

---

1. Saha f'torek ! : Bon appétit !
2. Allah ghaleb : seul Dieu est tout-puissant.

Le lendemain, j'ai enterré le cadavre de la batterie Sonelec dans le carré de martyrs, au cimetière des pièces mortes. Une fois passés les quarante jours de deuil rituel, je prends conscience que je suis vraiment dans la m...

Zoubida quant à elle n'en mène pas large. Elle était avachie, en bas dans le parking de la cité, la honte au ventre, à côté des autres berlines qui la toisent en riant sous capot...

Comment faire, maintenant ? Où trouver une batterie neuve ? Comment faire pour ne pas perdre le fil avec Elle ?...

À la vue de l'immense mélancolie qui m'envahit de jour en jour, un soir, Kaci, un voisin, maçon en semaine et philosophe le week-end, vient me rendre visite. Ma mère lui offre un thé à la menthe et je lui demande l'objet de sa visite en dehors du plaisir de le voir, car, depuis qu'il est entré, il ne cesse de me dévisager avec une moue de compassion dérangeante.

– Je vais te poser une devinette, me dit-il. Si tu trouves la réponse, je te prête la batterie de ma Fiat 128. Samia est malade en ce moment. Un problème d'alternateur, je crois. De toute façon, elle garde le lit. Si tu trouves la devinette, tu prends sa batterie, comme ça tu partiras à la recherche d'une batterie neuve pour ta Zoubida chérie. Qu'en penses-tu, hein ?

Je comprends que Kaci était venu me proposer sa batterie pour me dépanner le plus simplement du monde, mais il est comme ça, ce cher Kaci. Joueur, il aime s'amuser à détourner les choses pour en tirer le maximum de plaisir.

– D'accord, je veux bien me prêter au jeu, dis-je en riant.

Une lueur de contentement s'inscrit sur son visage poupin. Il boit une longue gorgée de thé en la savourant, histoire de

faire durer le plaisir de me faire lanterner, dépose ensuite sa tasse, me regarde droit dans les yeux et me dit d'un air mixant malice et mystère :

– Leblismouti ? Labiscouti ?

Entendant ce borborygme, je reste baba, ébahi par cet idéogramme phonétique, ce hiéroglyphe vocal.

– Pardon ?... C'est du latin arabisé ? Du vieux kabyle francisé ?

– Allons, voyons ! C'est du franci, moun ami ! Leblismouti, labiscouti ? répète-t-il en écrasant chaque syllabe afin de m'en faciliter l'écoute.

– Heu !!!

– Riflichis bien ! me dit-il, en se mettant à parler en français.

– Je réfléchis... je réfléchis...

– Pourtant t'as iti loin à l'icoule, zaâma ! *Ay yay yay !* Mais, bon, ci pas ta faute. Li nivou a bissi.

L'icoule n'i plus ce qu'il iti. Ti te rends compte, li cirtificat d'étude de mon époque a plus di valeur que votre douctourat di mitenant. Bon, ji vi t'ider. Je ti donne di indices et ti cherches. 1/ « Le bli » ci quelque chose qui li pousse dans la terre. « Smouti », ci quelque chose qu'on fit à cette chose pour la rendre fine comme di sable. 2/ « Labi » ci une autre chose, mi en coton, en laine, en tergal, etcétéra, qu'on mit sur li corps humain. « Scouti » ci ce qu'on fit pour riparer « labi » quand il i abimi. Les I et les « ou » de la fin di mots, ça représenti li points d'interrogatioun.

Il explique tellement bien, en y mettant les gestes qu'il faut pour guider mon imagination, que je comprends en un éclair.

– Ah ! « Le blé se moud-il ? L'habit se coud-il ? »
– Ben, oui ! Eh ben dis-donc ! Alors… la réponse ?
– La réponse ? Quelle réponse ?
– Leblismouti labiscouti ? Ci la questiou. Et la réponse, ci quoi ?
– Eh ben… Sileblismou, labiscou ! réponds-je, en imitant sa diction.

Il éclate d'un rire rabelaisien qui dénote la jouissance intellectuelle que cette boutade lui procure.

– Bravo ! Allez, viens, on va démonti la batterie et l'installi dans ta voitoure. Il vaut mieux un tout de suite que demain tu l'auras.

Le lendemain, munie de la batterie prêtée par Kaci « leblismouti », Zoubida m'emmène à El-Harrach, ex-Maison-carrée où se trouve un gigantesque bric-à-brac de voitures et de pièces détachées de tous âges et de toutes origines. Là, si on a de la chance, du flair et des dinars, on peut trouver à peu près tout ce qu'on cherche. Mais il faut y aller très tôt, sinon, macache. Le marché ouvre à 5 heures du matin. Les mécaniciens, les fouineurs, les chineurs, les dépanneurs, les malfrats, les curieux et bien d'autres clients viennent de tout le pays. Beaucoup y passent la nuit pour se garer le plus près du cœur palpitant du marché, ce

qui leur permet de faire moins de distance à pied lorsqu'ils sont chargés, et de se servir les premiers. Vu l'heure qu'il est, j'aurais du mal à trouver une place à moins de 3 kilomètres. Et, après ça, il faut se les faire les kilomètres, les pieds dans la vase jusqu'à l'ourlet. Depuis une semaine, il pisse dru comme vache qui pleut. Ça ne s'est calmé que ce matin seulement. Si jamais il se remet à pleuvoir tout à l'heure, c'est la catastrophe.

La gigantesque foire hebdomadaire pour ferrailleurs a lieu tous les vendredis matin et se trouve à une quarantaine de kilomètres de chez moi.

La mer est sens dessus dessous. Le flux et le reflux se rentrent dedans, à tire-larigot, se mordent la queue comme des millions de merlans en colère lâchés sur le

continent par un Poséidon devenu furieux. Les vagues passent par-dessus les récifs, arrivent jusqu'à la route et fouettent les voitures. La carrosserie de Zoubida en frissonne de plaisir. Comme il n'y a pas d'auto-radio d'origine dans cette catégorie de voitures, un bricoleur de la cité m'a installé un gros poste-cassette qu'il a encastré sous la mince étagère servant de boîte à gants. Cela rend la place du passager inconfortable, mais ça me permet d'avoir de la musique. J'appuie sur le bouton « Play ». Les poulies du vieux poste tournent en produisant des crissements aigus qui rappellent des couinements de souris. La bande magnétique défile en craquetant, puis lâche les premières notes déchirantes du chef-d'œuvre de Joaquín Rodrigo. Les criques et les virages se balancent sur l'air si langoureux, si beau et si limpide du *Concerto d'Aranjuez*.

À l'entrée de la capitale, la circulation commence à se densifier. Impatients d'arriver à El-Harrach, les autres conducteurs, d'habitude pressés et stressés, me semblent ce jour-là conduire des poneys. Quand un policier lymphatique qui régule la circulation lève la main en signe de stop, certains ouvrent leurs journaux. Ils les étalent sur le volant et parcourent les articles avec la nonchalance de ceux qui savent qu'ils ne seront pas troublés par des nouvelles bouleversantes. D'autres sortent leurs stylos et continuent de remplir la grille géante de

« mots croisés » entamée chez eux au petit déjeuner. Dès que le flic leur fait signe de passer, ils replient tranquillement leurs tabloïds, ôtent leurs lunettes de presbytes, puis redémarrent tranquillement. Lorsque l'opération se répète une seconde fois, j'étouffe. Je veux les étrangler tous, puis je prends soudain conscience qu'on est vendredi, deuxième jour du week-end. Les gens sont détendus. Après tout, ils ont bien le droit de faire ce qu'ils veulent, bon dieu ! me dis-je en guise d'auto-engueulade. Ils sont libres. Le pays est aussi à eux. Rien ne t'appartient en exclusivité, allez, va ! Il y a juste un tout petit peu du tout qui te revient de droit... et encore, si tu le mérites ?...

Ça y est, c'est parti. Les portes et les fenêtres du délire intérieur s'ouvrent. Le moteur de la culpabilité s'allume au quart de tour et nourrit le soliloque sans freins. Ça ne va plus s'arrêter, je me connais... « Tu n'avais qu'à te lever plus tôt, espèce de fainéant d'Algérois ! Les autres, ils viennent de Batna, de Sétif, de Relizane et de Tamanrasset si ça se trouve ; et à 5 heures du matin, ils sont déjà sur place. Ils ramassent tout. Ils sont peut-être déjà repartis chez eux. Y en a qui se sont peut-être remis au lit. Et ils "écrasent" en ce moment. Après avoir raflé les pièces, ils sont en train de ronfler dans la pièce. Tu m'as entendu ? Oui, oui, oui, je sais, le jeu de mot est nul à chier mais ça ne change rien à ta situation merdique. Les autres, eux, ils se lèvent à 2 heures du matin, mon pote ! Ils font la route, puis la queue dans le froid pénétrant de l'aube... Et monsieur ne voit pas que depuis belle lurette c'est la guerre, faut aller chercher une batterie pour avancer, gagner une bataille, mais non, môsieur est intouchable, il est en deçà de ça et en dehors de ceci et cela et de toute autre considération terre à terre, c'est ça le problème. M'sieur, c'est : 8 heures du matin, croissants, beurre, pains au chocolat, un poème d'Apollinaire, une mesure de Mozart et *L'Interprétation des rêves*, dont les dernières vapeurs fument encore dans la partie immergée de l'encore sommeil, les embruns, la farandole des criques (*zaâma !*), *Concerto d'Aranjuez*, toz ! Et monsieur se permet de méjuger les autres... »

On arrive à Belcourt.

« Tu aurais dû passer par la rocade sud, connard. Qu'est-ce que t'en as à foutre de la mer ? Merde alors ! *Mare merdum !* C'est pas la *mare nostrum* qui t'emmène tous les matins au travail. Qui te promène et emmène ta maman faire ses courses au marché de la rue de la Lyre et tes sœurs à l'aéroport Houari Boumediene. Et ton ami Hakim pour changer les chambres à air de son fauteuil à roulettes. Et toi... oui, toi ! qui te ramène bien tard le soir quand tu dînes au resto, chez des amis, ou quand tu fais la fête au Khayyam ? Hein, qui te tient par la main et te dépose chez toi dans ce pays où *niet* taxi, *ulach* le bus, *macache* bourricot à partir de 10 heures du soir ? Zoubida. C'est Zoubida !

Il n'y a qu'elle. Ta 4L, ta 4 x 4 à toi, qui peut te faire tout ça ! Alors pourquoi pas se lever tôt, passer par la rocade sud, plus rapide et plus courte, pour aller chercher une bonne batterie pour Zouzou qui serait bien contente, hein, m'sieur ? »

On arrive à El-Hamma, à hauteur du jardin d'Essai, luxuriante architecture végétale que des roumis botanistes ont conçue comme une piste d'atterrissage pour toutes les plantes exotiques.

« Tu n'es qu'un vulgaire raconteur d'histoires pour lui-même, un versificateur égoïste qui ne pense qu'à pioncer, au lieu de penser. Qu'à lire, rêvasser... Quelle heure est-il ? 9 heures et quart. 9 heuuures et quaaart !? Oh, putain ! Et voilà qu'il se remet à pleuvoir. Disdonc, il doit y avoir de la vase, là-bas, dans ce terrain vague servant d'assiette au marché. Un de ces merdiers de flaques d'eau et de gadoue. Du *bartit*[1] en pagaille ! J'espère que ça ne va pas durer longtemps. Oh la ! Ouf ! Dis donc, heureusement que l'essuie-glace fonctionne. Tiens, puisque tu m'y fais penser, si j'en trouve un pour le côté droit, je l'achète. C'est toujours angoissant pour le passager de devant de ne pas voir la route quand ça pisse. Ça fait un écran terrible. Flippant. Je n'aimerais pas être à sa place. Il a souvent l'impression qu'on va heurter la voiture de devant ou bascu-

---

1. Bartit : gadoue, merdier, diarrhée, saloperie.

ler dans un fossé. Cuit comme une loubia[1], il arrive chez lui les jambes en coton et avec des crampes aux orteils à force de freiner dans le vide. Et voilà ! Des trombes, maintenant ! Ça va me retarder encore plus, cette chorba diluvienne. Quand tu arriveras, mon camarade, tu sais quoi ? Quoi, quoi ? Eh ben, le marché de la pièce détachée ne sera plus qu'un vague souvenir. Un terrain vague de souvenirs. Un songe de jour de pluie. Quelque chose qui n'a jamais existé, sauf dans ta tête d'éthéré. Tiens, tu ferais mieux de faire demi-tour tout de suite. C'est pas la peine de la jouer *zaâma* comme si tu étais un type normal qui va acheter une batterie normale pour sa voiture normale comme si c'était un acte normal, un jour normal, dans une société normale. Réveille-toi ! Ce n'est pas une « société », il n'y a pas de « batterie », il n'y a pas de « normal ». Même pas un petit normal de rien du tout qui soit normal. Rien, walou. Et c'est normal que ce soit comme ça. Tu me fais pitié, va ! Mais putain, arrête ce monologue intérieur et fonce. Ça te paralyse chaque fois que tu branches tes écouteurs sur ton émetteur intérieur. C'est ton grand problème ça, ya *laâziz*[2] ! J'ai ouï dire – de la bouche même de l'autre toi – que tu préfères t'écouter que de prêter l'oreille au murmure du monde. Tu t'écoutes pour éviter d'entendre le tumulte de l'univers.

---

1. Loubia : haricot sec. Plat de fayots avec ou sans viande, très prisé.
2. Laâziz : le très cher.

En fait, tu ne prends pas vraiment plaisir à ça. Tu peux pas faire autrement, c'est tout. Ta voix interne, c'est comme un cancer généralisé. Elle te bouffe, t'aspire et tu ne peux pas la bâillonner. C'est comme un Oued El-Harrach en crue, ta putain de bobine magnétique qui tourne sans arrêt dans ta caboche. Va arrêter, toi, un oued torrentiel ! Tais-toi, fonce, accélère, morbleu ! Droit devant, allez, vas-y, double ce gros petzouille, ça fait quinze minutes que tu aurais dû le dépasser… Tais-toi ! Mais tais-toi donc ! Fais les choses, ne les pense pas. Trouve un moment pour les penser, mais, pendant que tu les penses, fais-les. Je sais que c'est dangereux, tu n'as pas une bonne visibilité, mais le camion au derche monumental, devant toi, là, il ne

roule pas vite et il n'y a personne sur la gauche. Personne d'autre n'essaie de doubler et personne ne vient d'en face. Alors, qu'est-ce que tu attends ? Il faut te faire un dessin ? Vas-y !… Vaaaas-yyyyy ! Ahhhh !!! C'est pas possible ! « Elle » ! Attention ! c'est « Elle » qui traverse… elle est folle. Qu'est-ce qu'elle fout là ? Freine ! Meeerde ! Tu vas te faire écraser, mon amour ! Freine ! Non, tu rêves… t'arrête pas… fonce ! Accélère ! Mets le turbo… C'est pas vrai… « Elle » ! Non, ce n'est pas « Elle » ! Il n'y a personne… Regarde pas dans le rétroviseur… C'est une hallucination !… Rabats-toi… Houla ! Ahhh !… Ouf ! Eh ben, voilà ! C'était pas la mer à boire. Remets-toi gentiment sur ta droite, maintenant… tout doux… calme-toi… »

On arrive à El-Harrach.

« Il va falloir traverser toute la ville pour accéder au marché. Quelle heure est-il exactement ? Oh, non ! Pas ça, le réveil – comme il n'y a pas d'horloge d'origine dans ce type de voitures, un copain m'a installé un réveille-matin en découpant un carré dans le tableau de bord pour le fixer – ! Pas ça, le réveil ! S'il te plaît, tu ne vas pas t'y mettre, toi aussi ? 10 heuuures et demie !!! Tu es sûr que tu ne dors pas, l'horloge ?… Arrête de parler aux objets ! Quand ils t'interpellent, quand ils te provoquent, ne leur réponds pas. Fais la sourde oreille et la fine bouche. Et quand tu te poses des questions, ne te réponds pas. Ignore-toi toi-même. Tu entends ? Fais de cette injonction une maxime, de cette maxime, un impératif, et de cet impératif, un commandement. Si tu y arrives, ce sera le début de la fin de ce dialogue entre toi-même et toi qui te pourrit la vie, te freine, te ralentit. Et maintenant vas-y, trêve de pensage, fonce, Ali, fonce ! »

Un petit peu plus tard, la pluie cesse de tomber, mais le ciel reste bas. Il continue d'agiter son gros bas-ventre gris, lourd de menaces.

Il me faut donc traverser toute l'agglomération pour rejoindre la route de la foire à la ferraille. La circulation au centre-ville est miraculeusement fluide. *Hamdoullah ya rabbi !* Dieu soit loué, mon Dieu !

« Ne crie pas victoire ! » chuchote, pessimiste, la petite voix interne.

Ça commence à se corser vers la sortie nord d'El-Harrach. Les véhicules allant dans cette direction forment déjà un début de bouchon à mesure qu'ils approchent de la route desservant les localités de Birmandreïs et de Birkhadem. Ce chemin mène aussi vers ma destination. Ce sont les engins débouchant de l'autre sens qui créent le commencement de ce qui ne va pas tarder à se transformer en un embouteillage monstre. Du jamais-vu, de mémoire de Zoubida. Telles des bourriques, voitures, camions, camionnettes, fourgons, tracteurs, tricycles, piétons, mobylettes, tous ou presque, sont chargés de pièces de rechange visibles sur les galeries ou dépassant des ridelles. Ils roulent à la queue-leu-leu, puis, subitement, après moult accélérations et impatiences nerveuses, pénètrent dans le périmètre urbain. Ils sont si nombreux que quelques centaines de mètres plus loin, ils débordent jusqu'à occuper les deux sens de la circulation, empêchant ainsi les autres d'avancer. Les portières des voitures s'ouvrent alors pour laisser sortir des conducteurs en colère. Colère, quel euphémisme algérien ! Les Érinyes ! Des hordes de Furies descendues du ciel. Devant mes yeux, l'ire légendaire des Algériens prend la forme d'une réelle démence collective. Des dialogues surréalistes, dont la vacuité n'a d'égale que son absurdité, s'engagent entre des belligérants érubescents et éruptifs.

– Mais putain de putain de merde, qu'est-ce que vous foutez sur notre route ?

– La route est à tout le monde, mon frère !

– Oui, mais ce côté-ci de la route est à nous. Il est pour nous tous qui allons dans le sens contraire de celui où vous allez, vous. C'est la loi et pas seulement celle du genre. C'est notre droit. Vous, vous devez être de l'autre côté. C'est votre droit.

– On était là-bas au début. Comme ça ne roulait pas, on voulait doubler, on est venus ici et après, les autres, ils nous ont serrés et, ils ne veulent plus nous laisser revenir à nos places. C'est à eux qu'il faut parler, nous, on a roulé de notre bon côté par rapport au vôtre, c'est normal. C'est la règle des deux sens.

– Il fallait pas essayer de doubler. Vous avez vu le bordel noir que ça fait ! Et, pendant ce temps-là, nous, on est coincés alors qu'on est sur NOTRE route, sur le bon côté ! Il faut qu'on passe, nous, *ya bou galb*[1] ! On n'a rien à voir dans votre histoire du bon sens. Ça n'a pas de sens. Maintenant, vous faites quoi là ?
– On attend !
– Vous attendez quoi ???

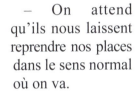

– On attend qu'ils nous laissent reprendre nos places dans le sens normal où on va.

Quelques sages tentent de ramener le calme.

– Un jour, Omar, le compagnon du Prophète (QSSSL), confronté au même problème…
– Sauf ton respect, mon frère, et avec toute la déférence que je dois à Sidna Omar, notre guide bien éclairé à tous, y avait pas de voitures à l'époque du Prophète, que le Salut Soit Sur Lui...

1. Ya bou galb ! : Nom d'un chien !

– Ne me prends pas pour un imbécile, mon frère, et ne te prends pas, non plus, pour un calife. Je sais qu'il n'y avait pas de voiture du temps d'Ibn al Khattab, mais les actes des hommes se répètent indéfiniment. Il est donc utile de rappeler la geste des fondateurs de notre sainte charia car ils nous servent d'exemple en toutes choses. Ce sont des codes perpétuels de bonne conduite. Des panneaux signalétiques. Eux, les compagnons de notre Prophète, ils ne conduisaient pas des engins mécaniques, mais ils savaient bien se conduire.

– Il a raison, notre frère !

– Ici, c'est surtout le Code de la route et des manuels de bonne conduite automobile qu'il nous faut pour nous sortir de ce merdier, *hachakoum*, Dieu me pardonne, mes frères.

– Il a raison, lui aussi.

– *Chkoune ?* Qui a raison ?

– Lui, là !

– L'autre aussi a raison ! Et l'autre également.

– Et moi, j'ai raison ?

– Oui, tu as raison, toi aussi.

– Tout le monde a raison !

– Que fait la police ?

– La police a ses raisons que la raison ignore.

– Tu as raison !

– Puisque tout le monde a raison, raisonnons un peu, ce serait plus raisonnable !

On raisonne pour ne pas déraisonner outre mesure.
Le calme revient dans un endroit, puis ça recommence à résonner. Le vacarme reprend le dessus un peu plus loin. Klaxons excédés, jurons et insultes grasses fusent de toutes parts, mêlées à des diatribes abracadabrantesques et des *chicayas* barbaresques sur le droit, la morale, l'éthique, le devoir et la politique. Les bouches tirent à la mitrailleuse des arguments aussi sensés qu'insensés. Un instant, les tenants de la

philosophie du bon sens directionnel semblent gagner du terrain. On croit que c'est fini, que le calme va enfin revenir, que tout va s'arranger, que la raison et la sagesse vont l'emporter, puis hop ! Les adeptes du sens giratoire obligatoire remettent ça. Un mot tout simple, léger comme un duvet de chardonneret, émis quelques minutes auparavant, passé inaperçu, mais qui ne dormait que d'un œil, braise ardente sous la paille de la réconciliation, est, on ne sait par quelle étrange alchimie, ranimé par le sirocco de la colère. Le petit morphème, transformé en vocable formé de quelques misérables syllabes, devient vite un gros syntagme qui rallume le feu de la *fitna*. Les braises de la discorde.

« Qu'est-ce t'as dis, toi, tout à l'heure quand l'autre, là, il a dit que ceci et cela ?... »

Et de nouveau les menaces et les promesses de niquage de mères et de sœurs respectives reprenaient le dessus. Puis, après d'infinis rappels à l'ordre et maintes prières, les mauvais mots, les verbes assassins, les adjectifs vicieux, font place aux plates excuses suivies, on ne sait par quel miracle, de bouss-bouss, embrassades incongrues et effusions effrénées. Au final, on rit, on se dit au revoir. Chacun revient à sa place et la circulation retrouve petit à petit son flux presque normal.

« 11 heuuuures et demie, a-yemma !!! »
Je redémarre.

Au regard de la marchandise dont ils sont chargés, les véhicules dans le sens inverse viennent tous du marché de la pièce détachée. Leurs plaques d'immatriculation révèlent leurs multiples provenances. Presque toutes les préfectures du pays sont représentées.

« Tu avais raison. Sur quoi ? Ben, ce que tu disais tout à l'heure. Qu'ils venaient de loin et qu'ils repartent chez eux avant la fin de matinée ! 19 : Sétif. Regarde celui-là : 30, il vient de Ouargla. Putain, Ouarglaaaaa ? Il a fait au moins 800 kilomètres dont 500 de désert et déjà il repart chez lui chargé de toutes les munitions dont il a besoin. Il a dû démarrer avant-hier… Ne culpabilise pas. Tu n'as pas besoin de te flageller en te comparant à lui. C'est pas la peine de te mettre dans des situations extrêmes. Vous ne jouez pas dans la même catégorie. Il est d'Ouargla, tu es d'Alger. Tu es de la ville, il est du désert. Si on cherche vraiment des poux dans les têtes de l'hydre des besoins indispensables, tu peux te passer de certaines nécessités qui ne sont au final que du confort. Te retrouver sans moyen de locomotion pendant quelque temps sera certes une source d'emmerdements pour toi, mais pour ce Saharien, c'est pas rien, c'est une question de vie ou de mort. Imagine qu'il tombe en panne dans un erg perdu, livré à la soif et aux vipères à cornes… Tu as raison, mon frère d'Ouargla, tu es tranquille pour longtemps, maintenant. Et revoilà la pluie. Oh les grosses gouttes, en général ça annonce une averse, ça ! Une bien bonne connasse d'averse qui ne va pas arranger les choses. Ça va être la mélasse... eh ben voilà, sitôt dit sitôt tombé ! »

La trombe d'eau qui s'abat cette fois-ci est si puissante qu'elle joue du tambour sur la tôle et empêche de voir au-delà de 2 mètres. Mon unique essuie-glace se donne du mal. Il fait ce qu'il peut. Il se démène d'un point à l'autre du pare-brise, voulant être partout à la fois : à droite, à gauche, à gauche, à droite... dès qu'il est à gauche, il se fait déborder à droite. Vice versa et inversement. Et va que je te pousse. Il n'en peut plus. Asthmatique. Groggy. Gauche, droite ! Droite, gauche ! Vjjj ! Swiiiitch ! Swwwwitch ! Kwik ! Krowk !...

« Ah mon pauvre ami, toi aussi, il faut que je te change. Tes patins sont tout abimés... »

De la buée couvre la partie intérieure des vitres. Comme il n'y a pas de chauffage d'origine dans ce type de limousine, un copain chauffagiste professionnel et mécanicien amateur le premier week-end du mois m'a installé un couple de sèche-cheveux sur le tableau de bord. Je les oriente vers le pare-brise et actionne l'interrupteur commun de mise en marche. Le souffle bruyant du vent artificiel qui en sort fait disparaître l'écran de vapeur. Au début, le convoi roule doucement, très gentiment. Comme moi, les autres chauffeurs sont accrochés à leurs volants, yeux rivés sur les feux arrière du véhicule de devant, puis la circulation se fige pour laisser passer l'orage.

« Midi ??? Mamaaan ! Miiidiiii ! Ahhhh !... »

Comme il faut tuer le temps qui passe, j'allume la radio pour écouter des informations fraîches. Ça crachote dru, ça crachouille grave, ça crachine sec. Bruine hertzienne, les ondes malmenées par les éléments de la nature, mixées par la météo, déferlent en toussotant. Les émissions de différentes stations en arabe, en français, en tamazight, en espagnol et en anglais, sur grandes ondes, courtes ou moyennes et parfois sur la FM, se carambolent. Intriquées, les fréquences s'entremêlent, se chevauchent, s'imbriquent, se recoupent, s'entrecoupent, s'entrechoquent. De nouveau, se découpent. Ondes évanescentes mais enchevêtrées, elles se déploient pour mieux se couper encore, se briser, se reprendre pour s'interrompre encore une fois et reprendre ensuite leur cours radioélectrique. Limpides, puis, d'un coup, friturées, fracturées, hachurées. Une *tchektchouka*[1] radiophonique : «... La production de pétrole a été évaluée à... viyuuuu !... 75 millimètres

---

1. Tchektchouka ou chouchouka ou encore tchoutchouka : sorte de ratatouille.

d'eau cette nuit… mercuriale des fruits et légumes a été revue à la hausse.... chiffres des petite et grande délinquances particulièrement inquiétants... Prières surérogatoires dans tout l'ouest du pays pour favoriser les précipitations atmosphériques... scrrrchhh… le colonel Mouammar Kadhafi en visite officielle en Algérie le mois prochain... oiseau bagué retrouvé mort à Khenchela, au cœur du pays chaoui, dans les Aurès… Il s'agit selon l'Office ornithologique national d'une mésange de Tasmanie… les pluies torrentielles qui viennent de s'abattre sur… pschhh… le cénacle gouvernemental… risquent d'inonder… les

projets de construction de barrages… sscchhh, pschhh… d'un État providentiel… fffchhh… deux quartiers les plus sinistrés des hauteurs de Bab-El-Oued, Fontaine-Fraîche et Frais-Vallon… pwifischuuuu… ont été envahis par les rats… vouuuh… du palais du gouvernement… l'oiseau de Tasmanie… zzzzz… a fait monter les courbes de la fréquentation touristique… la désertification s'étend vers le nord du pays... skwiiisch… criquets-pèlerins ont été éradiqués au-dessus de l'oasis de Ouargla... l'équipe de foot du mouloudia d'Alger, composée de ministres, réunis ce matin sous la sage direction de l'oiseau bagué, a marqué trois buts contre le valeureux peuple algérien qui… s'apprêtait à s'envoler en direction… de la Tasmanie… wvvssssttttt… »

La pluie s'arrête brusquement. On se remet tous à rouler, mais en faisant attention à ne pas prêter le flanc aux eaux abondantes qui coulent sur le bas-côté. Elles sont puissantes, impétueuses. Elles frôlent les châssis et claquent contre les roues en bavant de l'écume. J'éteins le sèche-cheveux, ça fait du bien à l'oreille, et j'ouvre la vitre. Un peu plus haut, sur ma gauche, descend une 4L blanche comme la mienne. Je souris en notant son matricule : 15. Zoubida avait trois sœurs à Tizi-Ouzou et une cousine Super 5 à Azazga. Je sors la main et fais signe au conducteur de s'arrêter pour demander de leurs nouvelles – il les connaît peut-être ? – et savoir aussi si les pièces pour 4L sont disponibles. Il revient de la caverne d'Ali Baba, au vu du capot tout neuf attaché sur sa galerie. Mais des klaxons nerveux jappent derrière moi. « Ahhhh ! » Je passe la deuxième.

Passé 300 mètres, la route est nettement dégagée et nous roulons presque normalement. C'est-à-dire un peu moins normalement que la vitesse normale mais un peu plus vite quand même. Des virages, deux ou trois monts, quelques monticules. Les torrents se font ruisseaux, puis ruisselets et la lumière revient. La clarté après l'ombre fait mal aux rétines. Les gros nuages s'affinent à la vitesse d'un petit vent frais, et le ciel se dégage avec une rapidité déconcertante. Le ciel, lavé de tout soupçon, devient à certains endroits d'un bleu intense.

J'arrive quelques minutes plus tard aux abords du souk de la mécanique. Le nec plus ultra, le ras-el-hanout des épices automobiles. Je quitte la route et me dirige vers un terrain vague servant d'aire de stationnement pour garer Zoubida. Le lieu est au trois quarts vide et les véhicules qui composent le dernier quart commencent à partir. Tous en même temps. Chaque moteur ronronne avec sa musique propre. Ça caracole dans tous les sens. Un cirque Amar géant. Un vrai barnum, tous ces engins qui tournoient telles des auto-tamponneuses de fête foraine. Leurs roues creusent la terre et rejettent de la boue. Ils essaient de maîtriser leurs mouvements pour s'en sortir, mais s'enfoncent davantage dans de grosses crevasses qu'ils continuent d'approfondir. Ça pétarade, ça fume, ça schlingue le mazout. Ça gueule, ça donne des coups de pieds rageurs dans la carrosserie, ça pousse, à hue et à dia, c'est la foire aux bestiaux. Ça ahane, barres de fer et chevrons de bois sous les châssis pour se sortir de la gadoue, ho hisse ! *Hô hisse tâam ouèl bakhssis*[1] !

Les chauffeurs qui s'en sortent sont des bienheureux. Dès que leurs quatre roues quittent la terre et mordent l'asphalte, ouf, ils éclatent d'un rire nerveux puis démarrent, jurant, pestant, donnant des coups d'accélérateurs qui rappellent les coups de fouets des ancêtres sur les croupes des destriers pour les mener à la bataille. Yaaah ! Yaaah !

Pour éviter à tout prix le grand bourbier, je me gare un peu plus haut.

En me dirigeant vers l'entrée principale du souk, je me rends compte que tout le monde décampe. L'entrée

1. Hô hisse tâam ouèl bakhssis ! Littéralement : ho hisse, couscous et figues. Exclamation d'encouragement qui promet comme récompense de l'effort un roboratif couscous avec des figues en guise de dessert.

est bouchée par les véhicules qui quittent la foire transformée en un immense cloaque de plusieurs hectares, entourée par des milliers de mètres de grilles avec comme seul « bâti », deux  misérables poteaux en béton armé qui soutiennent une barrière en fer cabossée. Cette entrée est destinée à collecter auprès des vendeurs la taxe municipale qui servira entre autres à payer le contrôleur qui collecte la taxe. Quand je passe tout près de ce dernier, en essayant de ne pas me faire écraser, il me toise comme si j'étais un loup-garou échappé à la nuit et qui voulait passer incognito.

– Vous allez où ?

– Je cherche une batterie pour ma voiture. Je vais voir si…

L'homme m'évoque le gardien du palais de justice dans *Le Procès*, de Kafka, interprété par Hakim Tamiroff dans le film d'Orson Welles. Il éclate d'un rire qui fait trembler joues, mâchoires, goitre et oreilles dodues, puis profère en levant les yeux vers le ciel :

– Vous cherchez une batterie ? Ah, la jeunesse d'aujourd'hui, une génération de fêlés !

Puis, d'un air autoritaire, il fonce en direction d'une 404 bâchée qui patine sur place, serrée par un chauffeur de camion qui klaxonne derrière elle. Le contrôleur tente de mettre un peu d'ordre en mettant son propre bordel.

Je me promène à travers les files des derniers véhicules chargés de toutes les pièces de la cosmogonie mécanique universelle. Du vieux, du neuf, du rare, du bizarre. Pièces pour grues, pour moteurs de réfrigérateurs, pour chariots élévateurs, excavateurs, bateaux, gazinières. La brocante de la mécanique universelle « vieux et neuf, gros et détail » s'étale en vrac, tête-bêche, à califourchon, dans les bennes des camions, dans les camionnettes, sur les sièges des berlines touristiques, sur les galeries, attachée aux porte-bagages des mobylettes.

À l'intérieur des véhicules, vendeurs et acheteurs, excédés par la difficulté de s'extirper de ce marécage, n'expriment pas moins leur contentement d'avoir fait de bonnes affaires. Leurs mines réjouies contrastent avec les faces de carême des autres, les moins chanceux aux lèvres pincées qui mâchouillent leurs échecs et maudissent la schkoumoune, ce vent de la malchance qui tourne autour de vous le jour où par malheur vous vous levez du pied gauche.

Les derniers marchands remballent leurs marchandises, ferment les bâches des camionnettes, et comptent, pour certains, leur butin ; des dinars au kilo

en coupures de toutes valeurs qu'ils empilent dans des sachets en plastique.

Le bazar est terminé.

Je patauge dans la boue en demandant aux uns et aux autres s'ils n'auraient pas par hasard une batterie neuve ou même d'occasion à me fourguer. Tous rient de ma niaiserie. Je tombe bien, ils avaient besoin de distraction en attendant de pouvoir quitter les lieux. Tout en accélérant pour avancer d'un petit mètre, ils m'apostrophent gaiement et me demandent, pour l'un, dans quelle école j'ai été pour être aussi naïf, pour l'autre, si je n'étais pas de la police. Puis, vaincus par mon air ébaubi qui dénote juste un manque d'expérience dans le domaine qui leur est si familier, leur ton devient plus amical, plus paternaliste.

– Tu nous excuses, l'ami, mais, franchement, tu as regardé l'heure qu'il est ?

– Tu vis sur quelle planète ?

– Une batterie ! Tu t'imagines ? C'est l'article le plus recherché. Celui qui se vend le plus vite. Ça part à la vitesse de la lumière, kho ! *Wenta mazal aïnik mghamdhin mèn nâas*[1]. Réveille-toi ! Quand par miracle elles sont disponibles, ça part comme des petits pains.

– Y en a qui les achètent en été pour parer à tout une fois l'hiver venu.

---

1. Wenta mazal aïnik mghamdhin mèn nâas : Et toi, tes yeux sont encore alourdis de sommeil.

– Et toi, tu arrives à 1 heure de l'après-midi !

À mesure que le bazar se vide, le ciel se remplit. Une grosse goutte s'écrase sur mon crâne. Bien au milieu. Là où se situait jadis ma fontanelle. Comme une fiente de mouette qui a trop mangé. Puis une autre là où apparaît la naissance de mon nez, l'endroit qu'on voit quand on louche. Je suis au milieu du terrain vague, les pieds enfoncés dans la bouillasse jusqu'aux chevilles. La goutte froide qui tombe ensuite sur mon cou, exactement sur la grosse vertèbre cervicale qui bronze en premier l'été, me fait prendre conscience que celle-là risque d'avoir une chiée de copines. Il vaut mieux déguerpir au plus vite. Je patauge vers

la sortie en me déplaçant comme un nageur en tenue de plongée sortant de l'eau. Objectif : rentrer à la maison pour me mettre au chaud. Les trois dernières voitures sortent. Le contrôleur-gardien commence à pousser la grande barrière. Il me fait de grands signes en marmonnant un puzzle de syllabes qu'il me faut remettre dans l'ordre pour comprendre. Il me demande en fait de lui donner un coup de main. Une fois arrivé, ho hisse, je l'aide à pousser le portail dont l'assise est enfoncée dans la boue. Je soulève la grille pendant qu'il pousse. Ce qui facilite le mouvement de fermeture. Il entoure le portail d'une longue chaîne qu'il scelle avec un gros cadenas puis, après avoir grogné un « merci ! », il se dirige vers sa voiture, une Zastava avec un matricule administratif, garée dans une baraque en tôle, un peu plus bas.

Ça y est ! Les sœurs, les cousines, les oncles, les tantes, toute la marmaille, la grande famille de la goutte de pluie se passent le mot et se mettent à envoyer des rafales. Je cours rejoindre Zoubida en sautant et en donnant de gros coups de sabots sur l'asphalte pour libérer mes chaussures de la masse de boue qui s'y était agrégée. Zoubida est seule maintenant sur cette route qui revient à son identité de campagne pas loin de la ville. J'ouvre vite la porte et m'y engouffre. Je suis trempé. Une vraie serpillière. Une fois entré, je ressors mes pieds, ôte mes chaussures et, à l'aide de vieux journaux, me mets à enlever le reste de boue. Une fois l'opération terminée, je suis malgré tout assez content de moi. Il m'en faut si peu.

« Tu vas rejoindre la rocade sud, maintenant, hein ? Rien de plus facile. Vu que ça s'est dégagé, tu seras chez toi, dans une demi-heure à tout casser. Vendredi après-midi, tout le monde est vissé devant la télé pour voir le match de foot. Quel match de foot, déjà ?

Comment, quel match de foot ? Mais tu t'en fous toi du foot ! Ne te fâche pas, allons ! tu sais bien que le sujet du foot et son emprise sur les masses te met toujours dans un état de colère effroyable, alors évitons le sujet. Mets de la musique. Tiens, allume le moteur et engage le *Concerto d'Aranjuez*, et puis arrête de te parler, arrête ça, bon sang !... »

Je sors une cigarette et l'allume. Mmmh, ça fait du bien. J'engage la clef dans le Neiman, tourne la clef... et...

Rien.

Je ferme les yeux, prends une inspiration et recommence...

Rien !

Ce qui s'appelle « rien ». Même pas le petit, l'insignifiant « rooor ! » Non, *walou*, rien. Rien de rien. Juste un clic lorsque la clef se frotte aux intestins du Neiman. Putain de merde, je n'en reviens pas : la batterie est morte. MORTE ! La batterie toute neuve de Kaci, qu'il m'avait prêtée pour venir chercher une batterie d'occasion, est morte. Et personne à l'horizon.

Il n'y a plus d'horizon. Il est bouché par les cordes des orgues de Barbarie hydrauliques qui jouent leur *Marche funèbre.* Personne. Pas même un groupe de fantômes surgis de la semi-obscurité de cet entre chien et loup précoce pour m'aider à pousser la voiture, la sortir de l'ornière, tenter de ranimer la flamme. Si par miracle il lui restait un bout de braise sous la cendre.

« Qui va t'aider ? Hein, qui va t'aider ? À cette heure-ci, ils sont tous à l'abri, au chaud, devant la télé. Tu vas pas lutter contre le football ? Le match est trop inégal. Tu as perdu d'avance. Alors, je vais te dire… Tu sais ce que tu vas faire… Avant que la nuit, la terrible vraie nuit noiiire, épaisse comme de la bouse de vache, ne tombe, tu te couvres avec n'importe quoi, des sacs en plastique, une bâche, ce que tu trouves, et tu affrontes les éléments. Tu descends cahin-caha, douga-douga, chouïa chouïa, tant bien que mal jusqu'à El-Harrach. Si tu as de la chance,

à El-Harrach, un train ou un bus t'emmènera jusqu'au centre d'Alger. Là-bas, tu trouveras un taxi qui te conduira chez toi. Si tu en trouves un. Bien sûr, tu vas trouver un taxi ! C'est la capitale quand même ! Enfin, sûr sûr, c'est pas sûr sûr que c'est sûr ! C'est juste une façon de parler. Tous les chauffeurs de taxi d'Alger doivent être affalés devant la télé pour suivre le... T'énerve pas. Reste zen ! Calme-toi. Oublions les sujets qui fâchent, on a dit. "Labiscouti" se débrouillera pour se faire prêter une voiture et il te ramènera demain. Il te remorquera et Inchallah tu trouveras une batterie une autre fois. Maintenant, pour passer le temps, trouve-toi un scénario, un bon sujet de dissertation intérieur et ouvre le débat. Allez, vas-y, mets un pied devant l'autre. Voilà. C'est fait. Allez, bonne route ! Comme un scout. 40 kilomètres à pieds, ça use, ça use, 40 kilomètres à pieds, ça use, mais ça excite vachement l'imagination. Et tu as tellement de choses à te dire... »

Quand je pense à tout ce que ma Zoubida m'a fait subir, il me prend parfois des pulsions de meurtre. Il m'est arrivé souvent d'avoir envie de m'en débarrasser une fois pour toutes, mais jamais je n'ai laissé ma colère me mener à l'irréparable. Je l'aime ma petite cocotte. Ma Zoubida, mon p'tit beurre. Elle me rend tellement service, c'est une vraie crème ! Elle est mon élément principal de jonction avec le monde qui me permet de me déplacer de A jusqu'à B presque tous les jours. Quand nous avons un peu de temps tous les deux, nous allons jusqu'à F. Il nous est même arrivé de pousser le bouchon jusqu'aux environs de

L et même de M. Une fois, je m'en souviens, poussés par je ne sais quelle mouche de je ne sais quel coche, nous avions décidé d'aller carrément jusqu'à Z. Tout le monde dans la cité essayait de nous en dissuader : « Mais vous vous rendez compte ? Z ! Vous êtes tombés sur la tête. Personne n'est jamais allé jusque-là ! C'est ridicule ! Bon, ta 4L, elle a un grain dans les rouages, mais toi, quand même, tu peux comprendre… Regarde… » me dit l'un des hommes. À l'aide d'un bâton, il traça des gribouillis sur la terre battue : « Ici, on est à A. Tu vois ? » Il se déplace d'une dizaine de mètres, trace une croix par terre avec son bâton et continue sa démonstration. « Z est là. Après Z, il n'y a plus rien. *Walou*, tu entends ? Le néant, la fin de la Terre. » Il soupire en invoquant le nom d'Allah. « Vouloir aller là, c'est de l'inconscience ! Z est réputée pour être inhospitalière. On raconte que ses habitants qu'on appelle les Zigotos mangent de la chair humaine qu'ils marinent dans du cérumen de zébus. Ils ont mille et une ruses pour piéger les voyageurs étrangers imprudents qui s'aventurent sur leur territoire. Même en 4 x 4 on n'arrive pas à leur échapper. Alors toi, avec ce tacot, cette mule boiteuse !… »

Aussi réalistes et justes soient-elles, les alertes, les récriminations amicales et autres considérations fraternelles des sages de la cité ne nous avaient toutefois pas dissuadés d'aller au bout de notre projet. L'appel de l'aventure, la tentation de l'imprévisible étaient les plus forts. Chargés de provisions – dinars, sandwichs, surplus de pain, galettes de blé, cigarettes brunes, polars, sel, cumin, poivre, oignons, tomates séchées, sardines à l'huile, huile d'olive, huile de moteur pour la vidange, jerrycans d'essence… – nous avions pris la route à 4 heures du matin.

Jusqu'à F, tout allait bien. On maîtrisait la situation. Arrivés à I, la 4L avait commencé à faire des siennes : un petit hoquet par-ci, un grognement par-là, une vitesse qui ne veut pas passer, un bouchon de radiateur qui explose… mais finalement rien de bien méchant.

À quelques encablures de K, je me détraquais à mon tour. J'étais aspiré par des coliques cataclysmiques. Une turista en forme de tsunami, inconnue du genre humain de type citadin du Nord. Elle avait déferlé à la vitesse du sirocco. Vous vous sentez bien et en un dixième de seconde, soudain, gloup, vous avez l'impression que vous venez d'avaler un iceberg chaud. C'est une bien étrange et horrible sensation. Dans votre estomac, quelque chose comme une bétonnière géante digne d'un engin de transport intergalactique s'ébranle et un vent chaud souffle dans vos intestins. Les Grecs donnent à cette maladie courante le nom de *diarrhoea bizarrhea*, les scientifiques celui de K, et les autochtones l'appellent tout simplement KK. Une maladie terrible qui vous coule avec armes et bagages. Une fièvre incroyable s'était emparée de moi. J'avais passé une nuit dans la voiture à trembler comme un collier de colifichets sur la taille d'une danseuse du ventre. Toutes les demi-heures, je courrais tel un damné hurlant pour aller makroupir derrière une dune. « Makroupir », dans le dialecte kahin, est une sorte de yoga local qui permet de détendre le tuyau d'échappement.

Au petit matin, le lendemain, car il y a aussi des lendemains à K, des voyageurs qui passaient par-là et qui remontaient en direction de H m'avaient donné du lait de chamelle et un flacon de qotran, du goudron local riche en tanins, connu pour ses vertus stomachiques apaisantes. Quand je leur avais parlé de mon projet d'aller à Z, ils étaient devenus blêmes.

« Pour cela, nous n'avons pas de médicament. Car personne n'a trouvé encore de remède à la démence. »

Ils me conseillèrent ensuite de retourner d'où je venais. Ils me racontèrent qu'à partir de T, il était impossible de s'approvisionner en essence, qu'une tempête de sable avait complètement englouti U, et que la violence avait éclaté entre V, W, et Y. Au vu de l'âpreté des combats, d'après ce que de supposés fuyards leur avaient raconté, c'était parti pour une guerre de longue portée.

« Soigne-toi et fais demi-tour ! » m'avaient-ils dit avant de remonter l'alphabet.

Suivant leur conseil, j'avais préparé une décoction moitié lait de chamelle moitié qotran, et, après avoir psalmodié le nom d'Allah, je l'avais avalé d'un trait. Le résultat n'avait pas tardé à se manifester. La médication avait lessivé mes intestins et mis mon foie dans un état de stupéfaction momentané. J'ai cru que j'allais mourir dans la seconde, mais étrangement, je me suis senti tout de suite mieux. Après ça, nous sommes revenus douga-douga, Zouzou et moi, traînant la patte pour rentrer le plus tard possible et faire croire à nos voisins, curieux de tout et de rien, que nous étions allés très très loin.

Un été, au mois d'août, en plein cagnard, Zoubida m'a fait un sacré « coup de gueule ». Elle m'a mis en demeure de lui trouver un vilebrequin tout neuf, sous peine de « divorce » automatique. « Si tu ne fais rien pour me satisfaire, je suis capable de te laisser sur la route, sans une kémia[1] de remords ! » m'a prévenu ma favorite, en pétaradant, un soir, alors que nous remontions une sacrée pente.

– *Koulchi mektoub !* Tout est question de destin, lui ai-je répondu. Je ne suis pas son maître. C'est lui qui décide.

1. Kémia : de l'arabe algérois signifiant en premier sens un bout, un peu.

Malgré son apprentissage de la patience qui frisait le fatalisme pour adapter son mécanisme occidental à nos mœurs orientales, l'« héroïque » a fini par me faire un caca nerveux sur une route serpentine, le long des gorges de Kherrata.

NORDINE

Je l'avais empruntée pour Constantine. C'était là, en cette saison, que j'avais une petite chance de trouver, m'avait-on dit, la pièce maîtresse que ma « capricieuse » me réclamait à cor et à cri. J'avais emmené avec moi Nordine, un voisin constantinois qui devait impérativement se rendre au chevet de sa maman, une vieille dame à la santé déclinante. Ça tombait bien. Pour faire la longue route, la compagnie de ce dégourdi était bien agréable. Comme en

plus il était doué en mécanique générale, sa présence était un gage de sécurité routière.

Jusque-là tout s'était bien passé. La 4L tenait hardiment son rôle de routière stoïque. Pendant qu'elle avalait les kilomètres, non sans peine mais avec un bel appétit, Nordine et moi, nous nous racontions des blagues. Des gauloiseries harissées de bien mauvais goût qui nous tordaient de rire.

Nous avions écouté trente-sept fois le *Concerto d'Aranjuez* car Nordine aimait beaucoup le passage où la guitare arrive comme ça, *skimi*, mine de rien, au milieu de l'orchestre, pour faire « Tananana ! tanana na ! Nananana… nanana ! Nana… tanana ! Tanana… nana ! Tanana ! Tinanatananinanina !... ».

Nordine avait les yeux humides chaque fois. Une vraie zalabia[1], çuila. Ça le ramenait à son enfance et lui faisait penser à sa mère, au *mzièt*, son couscous d'orge huilée, aux vacances familiales sur la plage de Stora, à Skikda.

– Comment ça se fait que le *Concerto d'Aranjuez* te donne tant d'émotions ?

– Parce que c'est la seule cassette que tu as dans la voiture !

À quelques kilomètres de Aïn Kébira, je m'apprêtais à réenclencher la cassette pour la remettre au début du concert à la demande de Nordine qui voulait pleurer encore, lorsqu'une soudaine embardée nous

1. Voir note p.176.

secoua. Pouf ! pouf ! pouf ! Zoubida, saisie par une quinte de toux, se mit à faire du rodéo. Elle me causa une de ces frousses ! Je me suis vite rangé sur le bas-côté. Après avoir ausculté méticuleusement le moteur, mon compagnon de route finit par détecter l'origine du mal.

– C'est la pompe à eau, mon frère !
– Et alors ? C'est grave, docteur ?
– Je connais bien ce type de panne…
– C'est grave ou c'est pas grave ? lui ai-je répété.
– C'est grave ET c'est pas grave ! m'a-t-il répondu.
– Ce n'est pas de rhétorique mais de mécanique qu'il s'agit, lui ai-je dit, agacé par son ton condescendant. Il me faut une réponse scientifique. Je ne vois pas ce que la réth…
– Il faut laisser reposer le moteur, m'a-t-il coupé. Quand il sera froid, nous démarrerons et roulerons doucement jusqu'au village prochain. Nous achèterons de la toile de jute, si on en trouve, Inchallah !…
– De la toile de jute ???
– Oui ! Nous envelopperons la pompe à eau avec cette texture bio et nous l'imbiberons d'eau fraîche.

La toile de jute retient bien l'eau, comme tu le sais. Ça nous permettra de tenir jusqu'à Constantine, où tu trouveras, si Dieu nous aime, une pièce toute neuve.

Nous nous sommes arrêtés dans un village de bord de route pour entrer dans une échoppe. L'épicier, un vieil homme au visage doux et parcheminé, tout droit surgi d'une carte postale sépia du temps de la Coloniale, faisait sa sieste, tête posée sur sa canne d'olivier. Je m'apprêtais à le réveiller doucement lorsque Nordine, soudainement cynique, m'a stoppé net, me désignant le bout de cigarette incandescent entre les doigts du vieil endormi. En se consumant, la cigarette a brusquement réveillé l'assoupi qui a tiré aussitôt une bouffée comme si de rien n'était.

– *Salamou alikoum !* nous a-t-il dit avant d'écraser son mégot.

Nordine lui a demandé si par bonheur il n'aurait pas de la toile de jute à vendre. Il nous a répondu :

– Si je vous dis qu'y en a, je vous dirai qu'y en a pas. Et si je vous disais qu'y en a pas, je vous dirais qu'y en a.

Éberlués par cette réponse sibylline, nous nous sommes exclamés en chœur :

– *Wach hab ygoul ?* Qu'est-ce à dire ?

– *Hab igoul*, je n'en ai pas à vendre, mais j'ai des sacs de semoule en jute. Je peux vous en donner autant que vous voulez.

– Ah, chouette, *saha* !

– Est-ce que vous avez aussi de l'eau fraîche ? dit Nordine.

– De l'eau fraîche ?

– Oui.

– Un peu ?

– Bézef !

– Ah, un peu j'en ai, beaucoup, j'en ai pas ! Ça fait dix jours que l'eau communale n'a pas coulé dans le robinet. Le puits est à sec depuis la mi-juillet, mais j'ai de l'eau minérale dans le frigidaire.

– D'accord ! Combien il nous faut de bouteilles, Nordine ?

– Une dizaine. Ça nous mènera jusqu'à Sétif si tout va bien et, là, nous remplirons les bouteilles vides à la fontaine ubérale d'Aïn-el-Fouara pour tenir jusqu'à Chelghoum-El-Aïd[1]. Là-bas, nous achèterons de nouveau quelques bouteilles pour la dernière ligne droite.

– Tant que ça ! ai-je dit, ahuri.

– Il faut que la toile de jute soit constamment imbibée d'eau très fraîche afin que la pompe refroidisse le système de ventilation du moteur.

– Dix bouteilles, alors, monsieur, s'il vous plaît !

– Tenez, voilà !

– Combien je vous dois ? ai-je dit en mettant ma main dans ma poche.

– 1 000 dinars. Mes doigts se sont crispés sur la misérable poignée de monnaie que j'allais sortir de ma poche.

– Quoiiii ? 1 000 dinars ???

1. Chelghoum-El-Aïd : nom algérien de l'ancienne ville coloniale de Châteaudun du Rhumel dans le Constantinois.

– Cette eau, c'est de la Saïda. Et comme vous le savez, *Saïda baïda*[1] ! a-t-il chantonné. 800 kilomètres ! Pour la ramener jusqu'ici, c'est le croissant et la bannière. Mon frigidaire marche au gaz Butane. Il m'arrive de faire la queue pendant trois jours dans une station du chef-lieu pour n'avoir au bout du compte qu'une seule bombonne…

– Bla bla bla ! ai-je dit, en montant sur mes grands chevaux algérois.

– Bla bla bla… bla bla ! m'a répondu, imperturbable, le vieux commerçant.

Il était dur en affaire, l'ancêtre. Impossible de lui faire baisser le prix. J'ai abdiqué. Et comme le $H2O$ coûtait la peau des fesses, j'en ai arraché des lambeaux pour régler l'addition. Nous sommes sortis chargés de sacs de semoule vides et d'eau bénite par Christian Dior.

Nordine a découpé la toile de jute en lanières, a emmitouflé savamment la pompe, l'entourant avec du fil de fer afin qu'elle tienne. Il a aspergé le tout avec le contenu d'une bouteille entière. Comme

---

1. Saïda baïda : Saïda, ville lointaine de l'ouest de l'Algérie. Formule utilisée pour exprimer ce qui est difficile à atteindre ou qui nécessite beaucoup d'efforts pour se réaliser.

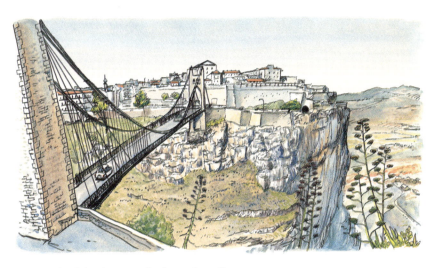

il faisait une chaleur de géhenne, nous avons recommencé l'opération tous les 10 kilomètres. J'avais peur que ma cocotte s'arrête et nous laisse en rade dans ce coin perdu de la pampa algérienne. Je roulais à une vitesse raisonnable, mains crispées sur le volant. Faisant comme si Zoubida avait des hémorroïdes, je veillais à ne pas lui faire péter les durites. La formule chimique toile de jute/eau fraîche de Nordine, c'était de l'alchimie !

Ça marchait bien en tout cas, et nous avons fini par arriver à Constantine, huit heures plus tard. Une bonne demi-journée pour ingurgiter 160 kilomètres. J'ai dormi chez la maman de Nono et le lendemain, nous avons parcouru en vain tous les magasins de pièces détachées. Partout la même rengaine, les mêmes excuses : « Rien ! Walou ! Inchallah la semaine prochaine ! *Koulchi mektoub, balak*, c'est sûr, un jour il y en aura, y a pas de problème, je te jure mon frère, je connais quelqu'un qui en aurait peut-être à Maghnia, à la frontière marocaine, reviens le mois prochain ou quelques jours après et si Dieu veut... » Nous n'avons pas trouvé la pièce, mais l'aventure a soudé notre amitié, à Nordine et moi. Sa mère allait très mal. Il m'a demandé si je pouvais lui tenir un peu compagnie pour le soutenir moralement. J'ai attendu trois jours. Le temps pour lui de bien voir sa mère, de l'imprimer dans sa rétine, d'emmagasiner de nouveaux souvenirs, nous avons changé le cataplasme de la pompe à eau, et, lestés de plusieurs jerrycans d'eau et de blocs de glace, nous sommes revenu à Alger, vaille que vaille, avec arrêt obligatoire tous les 10 kilomètres.

Depuis notre retour, la 4L n'avait pas cessé de me faire des *zouzguefs*[1]. Elle était rudement fâchée qu'on soit revenus bredouilles. J'avais beau lui expliquer que ce n'était ni un manque d'attention ni une baisse d'affection de ma part, que cela relevait plutôt de l'instabilité du contexte sociopolitique, des fluctuations irrationnelles du marché informel… elle ne voulait rien entendre. Quelle bûche ! Je lui avais chuchoté des mots doux à l'oreille, promis que j'allais tout faire pour régler son problème le plus tôt possible. « Juste

---

1. Nom pataouète. Faire des zouzguefs : faire des manières, de l'épate, des gestes pour impressionner la galerie.

un peu de patience, Zoubida ! Ne sois pas capricieuse. Je t'ai connue plus vaillante ! Tu sais que je t'aime ! Je ferais tout pour que tu sois heureuse ! » Rien à faire, elle m'avait boudé dix jours de suite. Elle grognait sans cesse : « C'est ma faute ! J'aurais jamais dû venir dans ces contrées perdues, ce pays de dèche. Je n'aurais pas dû quitter mon pays natal !… »

Un soir, un brin fâché, je n'ai pu me retenir. J'avais sombré dans une colère bouillonnante : « Eh ben, va dans ton pays, si tu n'es pas contente ! casse-toi ! Retourne d'où tu viens ! Je ne veux plus de toi. Et, en plus, si ça se trouve, ce sont des immigrés qui t'ont conçue. De bout en bout. Tu es une descendante d'exilés. Une Beurette. De la *zebda pur maâza*[1] ! Et peut-être qu'ils t'ont envoyée ici à ta naissance. Tu n'as même pas eu le temps de te fabriquer des souvenirs de là-bas. Ta madeleine de Proust, c'est Sonatrach, c'est pas Total. Alors, ne me la joue pas avec ta France, s'il te plaît. Ma France ! Et puis, tu sais quoi ? Maintenant qu'on se parle tous les deux enfin, qu'on se dit nos quatre vérités en face, tu sais quoi ? eh ben, je vais te le dire, moi :

---

1. Zebda pur maâza : Beurre pur chèvre.

si tu avais vécu en France, tu sais ce que tu serais ? Réponds… tu sais ce que tu serais aujourd'hui ? La propriété d'une famille de beaufs bien lustrée, bien sur elle, dans un pavillon de banlieue, avec une robe et des accessoires tout brillants, tout neufs, du clinquant, de l'artifice qu'on parfume, qu'on asticote, qu'on bichonne comme un caniche. Un bébé chat. Ou alors tu croupirais dans un immense parking de vente de voitures d'occasions et personne ne viendrait t'acquérir. Tu sais pourquoi ? Parce que tu es trop vieille, voilà ! Tu es trop bête. Tiens, tu serais peut-être même du côté de la Normandie, chez un riche fermier, un mouleur de camembert à la louche. Et vas-y que je t'exhibe aux invités du dimanche et vas-y qu'on tourne autour de toi et que je te regarde de tous les côtés. Un objet de culte posé sur un carré de gazon à l'entrée d'un manoir. Voilà ce que tu serais. Objet d'admiration, vénérée, mais personne pour t'arracher les tripes, te donner de l'amour, te faire jouir de plaisir avec un grand P. Tu le voudrais, ça ? Tu voudrais vivre comme un légume dans un bocage normand ? Ici, TU VIS ! Tu racles les fonds de tiroir de la vie. Chaque jour

qui passe, une nouvelle aventure t'attend. L'imprévu te tend les bras. À chaque tournant peut surgir une surprise. Après l'asphalte, la poussière de la piste ! Ici tu manges du bitume amer. Tu bois du goudron fondu au soleil. Du vrai. Tu sues, tu craches, tu pleures, tu ris, tu as faim, froid, tu claudiques, tu ramasses des cloques dans le cloaque, tu bringuebales, tu assistes à des révolutions, à des putschs, à des meurtres, à des circoncisions, à des émeutes. Tu baignes tes pneus dans le sang des moutons sacrifiés les jours de l'Aïd. Ici, tu vis la vraie vie des routiers et des pistards. Ici, c'est la nouba des rêves perdus, la kermesse des désirs inassouvis. Arrête de faire ton cinéma et regarde-toi ! Tu es d'ici ! Tu es faite pour vivre ici. Tu veux partir en France ? Tourner en rond dans un hexagone ? Réponds, tu veux RE-tourner dans ton pays NATAL ? Tu veux partir ? Vas-y ! Tu veux vagir ? Vagis ! Je peux t'arranger ça si tu veux ? Mais toute ta vie tu vas le regretter. Et puis, dis-moi, entre nous, en toute discrétion... je n'avais encore jamais pensé à ça : à part le vocabulaire technique, tu parles peut-être même pas un traître mot de français ! Ah ah ah !... »

Un soir de pleine lune, j'ai entendu des sifflements stridents, et ouvert la fenêtre de la cuisine. En bas de chez moi, Nordine me faisait signe de descendre. Un homme d'une soixantaine d'années était tout près de lui et regardait lui aussi dans ma direction. Je suis vite descendu serrer la main des deux hommes. Nordine m'a présenté son oncle maternel. Après les salamalecs d'usage, Abdel, sourire malicieux aux lèvres, m'a dit :

– Youcef, viens voir ! Descends.

Il s'est dirigé vers une voiture immatriculée à Constantine. Son oncle lui a emboîté le pas.

– Vas-y, montre-lui, tonton !

Le tonton a ouvert la malle. J'ai failli tomber à la renverse. Sur un tapis élimé était posé le plus bel objet du monde, la plus jolie invention de la nature humaine après l'amour, le *lemhadjeb*[1], le cinéma et le mérou grillé : un vilebrequin presque neuf. J'étais pétrifié.

– C'est pour toi, m'a dit Nordine.

– Oui, c'est pour toi, m'a dit son oncle, gêné de me tutoyer sachant que le vouvoiement n'existe pas dans notre langue.

– Oh ! Mais… Je… Comment vous… Combien je vous d…

– Rien du tout ! Tu déconnes ou quoi ? a dit Nordine.

– Rien du tout ! a dit l'oncle. C'est cadeau !

– Pourquoi ?

– Pour avoir transporté si gentiment Nordine, pour avoir fait rire ma sœur qui va beaucoup mieux depuis, et aussi parce que comme on dit chez nous à Constantine, quand ça aime ça compte pas les kilomètres !

– Vous montez quand même une minute prendre un thé pour

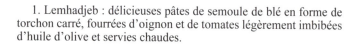

---

1. Lemhadjeb : délicieuses pâtes de semoule de blé en forme de torchon carré, fourrées d'oignon et de tomates légèrement imbibées d'huile d'olive et servies chaudes.

signer le « bon de livraison » ? ai-je dit, les yeux pleins de reconnaissance.

– Ça, ça ne se refuse pas, m'ont-ils dit, en chœur. Comme c'était risqué de laisser le trésor d'Ali Baba dans ma voiture – une 4L peut être ouverte par n'importe quel *tkatki*[1] amateur –, nous l'avions monté chez moi. Quand on est passé devant ma belle, à la vue de la pièce qui allait lui redonner goût à la vie, de joie, elle a klaxonné des youyous. Un hennissement de pouliche qui aurait vu surgir un pré d'herbe grasse, au détour d'une dune, après une longue traversée du désert.

– Ah, elles sont toutes pareilles ! ai-je dit en riant, à l'oreille de Nordine, en rajoutant un mot à voix bien basse pour que son tonton ne nous entende pas.

Il faut un minimum de respect quand même, non ?

---

1. Tkatki : Pickpocket, petit voyou.

Cela fait trois jours maintenant que Zoubida est immobilisée, gisant comme un âne mort sur le parking. Trois jours que je n'ai pas croisé Elle. Elle me manque, Elle m'habite, m'empêche de dormir, de rêver, d'imaginer des films, de répondre aux sarcasmes de mon père. Je n'ai plus d'humour, plus de patience. Maman s'inquiète : je ne mange plus sa chorba, je regarde toujours loin derrière les murs. Elle pleure. Elle comprend pas. « Il faut que tu voies un médecin de la tête ou mieux encore : un *taleb*. Parce que le *taleb*, mon fils, c'est un spécialiste de chez nous qui connaît bien les maladies mentales des musulmans. Le spykiatre, lui, m'explique ma maman analphabète, soigne les fous chrétiens… »

J'étouffe. Je ne peux plus supporter que ma mère massacre les mots. Je vais dans ma chambre écouter le *Concerto d'Aranjuez*. J'ai monté la cassette à la maison puisque chez Zoubida, elle ne sert plus à rien. Aranjuez constitue la musique du film que je me fais d'Elle. Elle en est le décor sonore. J'écoute, je tourne en rond. Le concerto distille une mélancolie obsessionnelle. Il martèle, remue, creuse le même sillon. Le sillon d'Elle. Chaque note qui s'en dégage est une particule d'Elle. « Aranjuez », c'est obsessionnel, c'est teigneux, c'est comme le Boléro de Ravel, ça martèle, ça remue, ça creuse le même sillon. Le sillon d'Elle. Je tourne en rond. Je me parle. Mais qui est Elle au juste ? Une silhouette ! Une image ! Une apparition ! Tu la connais même pas. Tu ne l'as jamais regardée dans le fond des yeux pour sonder son âme, percer ses secrets. Tu n'as jamais caressé son sein, jamais senti son parfum. C'est peut-être une conne qui ne mérite pas tant d'attention. Elle est peut-être mariée ? C'est peut-être un travesti ? Ahhh !… Mais ça ne sert à rien de se parler. L'amour n'est pas tenu de prendre les mots au pied de la lettre. La maladie d'amour se fout des mots. Ce n'est que de la combustion chimique. Mes alvéoles pulmonaires n'absorbent plus d'oxygène. Mon corps perd 62,5 % de sa masse. J'expire de l'oxygène, j'inspire du gaz carbonique. L'absence d'Elle inverse le processus chimique et forme un poison terrible qui me ravage. Je ne mange plus, je ne bois plus. Mon ventre est occupé par Elle. Je ne respire plus. « Tu ressembles à une femme qui va accoucher », me dit encore ma mère, comme ça, mine de rien, en écossant des petits pois. Oui, maman, si ça continue, je vais accoucher de mon désespoir là sur le carrelage et tu vas lui donner le biberon jusqu'à sa mort. Ce sera le petit-fils que tu n'as pas eu de moi.

Je deviens dingue. De ma fenêtre, je fixe Zoubida avec un sentiment de rage mêlé de tristesse. Je n'en peux plus. J'ouvre la fenêtre et je l'apostrophe : « Je te jure, *ourras yema*, ya Zoubida[1], avec toi ou sans toi, demain matin, j'irai !... » Mais comment faire ? J'ai peut-être juré un peu trop vite. À pied ? Pas question. Sans Zouzou, je ne serai pas « visible ». Comme un certain type de désespoir peut parfois rendre intelligent, je ne tarde pas à trouver la solution : réunir une bande de copains parmi les plus costauds de la cité et leur demander de se lever tôt demain afin de m'aider à pousser le carrosse en panne jusqu'au sommet de la côte du « boulevard de l'Amour ». J'enfile vite ma veste et je fonce vers la porte.

Ma mère à la volée : « Si tu faisais tes cinq prières par jour, comme tout bon musulman, aujourd'hui tu aurais un logement et plein d'enfants ! »

---

1. Ourras yema, ya Zoubida : « Sur la tête de ma mère, oh, Zoubida ! ». Un juron.

Une heure après, le groupe de choc est au complet. Quand je finis de leur raconter mon plan, ils me volent dans les plumes.

– Hé Youcef, *khlass*[1], tu es devenu dingue ou quoi ? Ça fait 3 kilomètres et demi ! dit l'un.

– On va y laisser nos poumons ! dit un autre.

– Je viens juste de changer les rotules de mes genoux, renchérit un autre encore.

Mais, comme il n'y a pas d'amitié sans sacrifice, ils finissent par se laisser convaincre.

1. Khlass : Ça y est ! Par extension : Ça suffit !

À l'aube, ils sont huit corps massifs sur la route, penchés en avant, mains sur la croupe de Zouzou, à pousser comme des bêtes enragées. Haaaa ! haaan ! Huit jeunes Sisyphe poussent le « rocher » Zoubida. Une fois le cortège parvenu au sommet de la colline, je manœuvre la bagnole pour la « positionner », tête en avant, à l'endroit où commence la pente. Je freine et remercie chaleureusement les copains. Je leur promets une tournée de gazouze « Sélecto » dans la soirée et les prie de repartir, maintenant, s'il vous plaît, car la suite des événements réclame l'absence de témoins. En tout cas, c'est ce que ma pudeur me dicte. Une fois les gaillards repartis, dominant le paysage du haut de ma vigie, j'attends impatiemment qu'Elle apparaisse. La pente tombe à pic sur une distance de 400 mètres au moins.

Après un moment d'attente qui me semble aussi long que l'éternité d'Allah, l'amoureux transi que je suis aperçoit au loin, là-bas, la silhouette familière. Mon sang remue à l'intérieur de moi comme le lait caillé qu'on secoue dans la baratte pour séparer le beurre du lait. Comme les lames qui s'écrasaient sur les rochers des criques de mon enfance, à La Pointe Pescade, des vagues d'hémoglobine se scraschent contre les récifs de mon cœur malmené. Je rougis comme un piment de *N'gaous*, et mon pauvre cœur se met à jouer de la derbouka. Du *hedi*[1], il passe au

---

1. Hedi : Rythme très dansant dans la musique chaâbi algéroise.

barwali[1]. Il est tout retourné. Ô mon cœur, tu as perdu la raison ! Ne quitte pas le vaisseau. Accroche-toi au bastingage !

Elle, d'un pas assuré, Elle, belle, belle comme le soleil de Tipaza, belle tout simplement comme l'astre là-haut qui brille dans le ciel sans Tipaza, sans rien, car il n'a besoin de rien ni de personne pour être beau, Elle, soleil, port droit, cheveux au vent, entame l'ascension de la côte. Ma tension artérielle monte une côte encore plus abrupte. L'Éverest de la panique générale…

Dès qu'Elle arrive à mi-chemin, je desserre le frein à main en faisant attention à ne pas faire craquer les dents du mécanisme de freinage… et la voiture démarre au point mort. Tout doucement d'abord, elle descend, descend encore, puis, entraînée par son propre poids, elle prend de la vitesse au fur et à mesure qu'elle dévale la pente. En arrivant au niveau d'Elle, j'ose pour la première fois la regarder. Franchement. En face. Trois secondes, le temps d'une éternité, je lui envoie un très long regard. Un regard plein d'amour, contenant tout le bonheur de l'aimer, le désespoir

---

1. Barwali : Autre rythme allégro dans la musique chaâbi.

du silence et la détresse de son absence. D'Elle. Je lui fais comprendre combien le feu qui me brûle, me cuit, est insupportable. Comme si elle avait reçu le message, Elle se tourne vers moi. Elle me voit. J'attrape son regard. *Insert.* Je zoome. Je la vois me voir. Je souris. Gros plan. Pour la première fois, Elle aussi me sourit. Je n'en reviens pas. Je suis coi de joie. Le feu du désir va me flamber. Je vais mourir. Je l'ai vue, je la vois. Je revis, je survis, je renais. Devant « Elle », je deviens un immense « Je ».

Zoubida continue de dévaler la pente. Trop vite. Je me retourne pour ne pas perdre de vue « Elle » qui continue de grimper, tête tournée vers moi, en souriant, avec une moue dans laquelle je lis de l'espièglerie. De l'ironie ? Non ! De l'amusement ? Un simple jeu de séduction qui titille son égo ? Pas seulement. Quoi alors ? Elle est polie ? Gentille ? Malicieuse ?

Amoureuse peut-être ? Pour ne pas perdre son image une seconde, je regarde dans le rétroviseur latéral, puis vite dans le rétroviseur intérieur… puis comme Zoubida va trop vite, je fais un arrêt sur image. Je rembobine la scène, la met en boucle, et je me la repasse plusieurs fois : « Elle se tourne vers moi. Elle

me voit. J'attrape son regard. Je la vois me voir. Je souris. Pour la première fois, Elle aussi me sourit… »
Je passe et repasse la scène. Je décortique chaque trait de son visage, je zoome pour voir de plus près le grain de sa peau, j'analyse son émotion… Elle m'aime ! Je suis sûr qu'elle m'aime ! C'est écrit là dans ce regard.

« Elle m'aime ! Je l'aime ! »

Mon bonheur communicatif met Zoubida dans tous ses états. Elle participe à ma joie. Elle danse, tangue du mieux qu'elle peut, à droite à gauche, à gauche à droite… Et hop la la ! tralala tralalère !

« Elle m'aime ! »

Vwoooow !

Un camion, lourd, très lourd, très méchant, chargé de sacs de ciment, grimpe lui aussi la côte. Il est trop lourd et la côte est raide.

Je repasse la scène de nouveau, en boucle dans ma table de montage intérieure pour revivre l'instant sublime…

Le monstre klaxonne de toutes ses forces pour se faire entendre.

Woooo ! Woooo ! Woooo !…
En vain.

Les oreilles du cœur n'entendent que la voix de l'amour depuis longtemps tu. Rempli d'extase, je ris à perdre haleine. J'ouvre le capot de mon âme et laisse s'échapper toutes mes meurtrissures. J'entrevois alors une longue autoroute de baisers et de caresses sans péage s'ouvrir devant moi, jusqu'au bout de l'horizon, à l'infini, là-bas, là-bas derrière la ville, derrière la mer.

Le klaxon de l'ogre en acier s'époumonne follement, maintenant.

Woooo ! Woooo ! Woooo !...

– Que se passe-t-il ? Bon dieu ! Ça va trop vite ! Fin ! J'ai dit « FIN » ! On arrête le film ! C'est pas écrit comme ça dans le scénario ! On la re-tourne. On refait la prise !... Oh ! Oh ! Qu'est-ce que c'est que ce bordel, putain ? C'est quoi cette équipe ? Vous êtes tous virés !

Wooooooooooo !...

Pendant la courte seconde précédant l'instant fatidique du baiser de la mort où je vois le gros museau du camion arriver sur moi, les films de ma vie défilent à la vitesse de l'éclair.

« Vagissements... naissance... youyous... coups de fusil... parachutistes... De Gaulle... Buster Keaton, Harry Langdon, Charlot, Laurel et Hardy, *Le Voleur de Bagdad*, *La Charrette fantôme*, *La Chevauchée fantastique*, *Les Enfants du paradis*... La terre... Ben-Bella... *Le train sifflera trois fois*... *Les Révoltés du Bounty*...

Le Marignan... Le style est une façon très simple de dire des choses compliquées*... *M le maudit*...

* Citations empruntées à Jean Cocteau.

Boumediène... *Drôle de drame*... Il faut être un homme vivant et un artiste posthume*... *La Strada... Les Anges aux figures sales*... Rashomon... une crique... *Hamlet*... le Majestic... *Oscar*... L'histoire est du vrai qui se déforme, la légende du faux qui s'incarne*... *Le Roi Lear*... Kozintsev, *L'Homme tranquille*... Tahya ya didou ! *La Captive aux yeux clairs*... *Citizen Kane*... La vie a beaucoup plus d'imagination que nous*...

* Citations empruntées à Jean Cocteau.

Jérémiah Johnson… Le Désert des Tartares… Chadli… *Amarcord…* Où trouver une bonne batterie en état de marche ? Roh terbah ! Travelling circulaire ! Montage alterné… *how many roads must men walk down… Ma bqali f-denya ma ndir amal… Apocalypse now* ! »
Coupeeeez !

Braouuuum !!!

                FIN

Fellag et Jacques Ferrandez vous ont présenté

Le mécano du vendredi

Directrice de production	Isabelle Laffont
Productrice exécutive	Karina Hocine
Script-girl-friend	Marianne Epin
Best girl	Caroline Laurent
Conseiller en anthropologie algéroise	Noureddine Khelassi
Musique	Joaquìn Rodrigo
Montage	Jean-François Ferrandez
Régie générale	Renelle Setton

Youcef est habillé en bleu Shangaï « L'Anti-cher »

Table

Pré-générique 11

Séquence 1 29

Séquence 2 57

Séquence 3 83

Séquence 4 103

Séquence 5 111

Séquence 6 121

Séquence 7 133

Séquence 8 137

Séquence 9 173

Séquence 10 179

Séquence 11 189

Séquence 12 197

RÉALISATION : NORDCOMPO À VILLENEUVE D'ASCQ
IMPRESSION : IME À BAUME-LES-DAMES
DÉPÔT LÉGAL : MARS 2012. N°108052 (00000)
Imprimé en France